Paul-Gabriel Dulac

Roméo et Juliette
sur le piton érotique,
turlure

Éditions Dédicaces

ROMÉO ET JULIETTE SUR LE PITON ÉROTIQUE, TURLURE,
par PAUL-GABRIEL DULAC

Dépôt légal :
Bibliothèque et Archives Canada
Bibliothèque et Archives nationales du Québec

Un exemplaire de cet ouvrage a été remis
à la Bibliothèque d'Alexandrie, en Egypte

ÉDITIONS DÉDICACES INC
675, rue Frédéric Chopin
Montréal (Québec) H1L 6S9
Canada

www.dedicaces.ca | www.dedicaces.info
Courriel : info@dedicaces.ca

Paul-Gabriel Dulac

Roméo et Juliette
sur le piton érotique,
turlure

« Notre plus profonde façon d'examiner la vie, d'atteindre le cœur de notre existence passe par l'art. Au mieux cet examen tient quasi du religieux. »

YANN MARTEL, *Mais que lit Stephen Harper*,
XYZ, éditeur, 2005

À *Marianne Mercier Dulac, Laëtita Dulac, Valérie et Karine Vaziaga.*

Par nos liens de cœur, de sang et de parenté

À *Éliane Thomas, Hélène Mercier*

Avec le temps, par une autre forme de recours puissant à la vie du cœur.

À *Marie Thibault*

Par un éblouissement et une sincère admiration qui se recréent de jour en jour. Voilà un enthousiasme amoureux et convergent. Quand s'ouvrir et se donner, c'est aller à l'essentiel.

À mes amis indéfectibles et hommes de théâtre : *Daniel Simard* et *Andréï Zaharia*

Dieu merci, ceux-là m'ont appuyé et confirmé, par les faveurs de leur amitié, à me façonner mon propre art, si singulier et personnel soit-il.

Et avec mes remerciements à mon éditeur *Guy Boulianne* et à mon préfacier *Thierry Rollet*.

Montréal, mai 2013

Préface

Avec Je n'ai aucun confort personnel d'être un fan du sexe, son précédent ouvrage, Paul-Gabriel Dulac nous avait déjà donné un aperçu fort convaincant de son imagination délirante et de ses incroyables facilités à redéfinir le langage poétique et/ou prosodique, en « virevoltant entre le slam et la prose poétique »

Que dire de cet ouvrage-ci ? Sinon qu'il s'agit d'une nouvelle application du principe à la fois rénovateur et désopilant des possibilités d'expression de l'auteur. L'ouvrage précédent était un essai ; celui-ci s'assimile au théâtre, avec une volonté bien déterminée de reprendre un chef-d'œuvre classique pour en donner une adaptation tour à tour déroutante, inventive et musicale.

Déroutante parce que les personnages de Roméo et Juliette sont traités d'une manière qui fait du drame une parodie même du drame, par des situations imprévisibles assaisonnées d'un langage multiface, polyculturel et polymorphe en même temps. Un tour de force, auquel on ne peut qu'être sensible puisque, selon la définition même du théâtre, le langage est ici « donné à voir » plutôt qu'à entendre – donc à apprécier doublement.

Inventive notamment pour les raisons précitées, mais aussi parce qu'il sert les deux personnages d'une façon propre à les entraîner dans un univers où leur existence n'était pas prévue, où ils semblent des intrus tout à fait capables cependant de s'approprier cet univers, de manière à y imposer leur vision du monde et du langage. Les personnages deviennent ici les alliés les plus sûrs des possibilités d'expression de l'auteur.

Musicale enfin parce la musique n'est pas absente de l'expression : elle la sert en l'accompagnant. Bien sûr, il est difficile de l'imaginer en lisant simplement le texte. Cependant, l'auteur nous promet de mêler musique, chant et récitatif pour donner encore un nouvel aspect à cette réécriture de Shakespeare. Faisons-lui confiance, il le mérite bien !

Que le rideau s'ouvre donc et le coup de génie s'imposera après les trois coups rituels !

Thierry ROLLET
Agent littéraire

7

Mot de présentation

Ce cabaret théâtre, célébrant le florilège des faveurs et plaisirs de l'érotisme entre amants, donne forme par onze scènes à onze séquences de la vie d'un même couple. Chacune des scènes détranspose et recompose en d'autres temps et lieux les amours symbiotiques et passionnels des personnages emblématiques de Roméo et Juliette. D'où le titre à l'esbroufe qui fait référence dans un esprit de dissemblance à la tragédie de Shakespeare. ([1])

Dotés d'une verve joyeuse et comique, mes personnages de *Roméo et Juliette sur le piton érotique, turlure,*sont tantôt amis, amants pathétiques, jeunes ou vieux, assagis ou immatures, grincheux, fâcheux, fiévreux, têtus, délurés, ardents, innocents, présomptueux, satyriques, etc.. En somme, voilà des amoureux, souvent naïfs, voire fautifs, et, en général, égrillards ou fripons. Par les coups et revers de fortune, ils sont de tout âge, conditions et de tout temps. Prédisposés au burlesque, ils s'enchantent, se narguent, s'impatientent, se désolent, se querellent et partagent, entre facéties et farces, émois amoureux, faisceaux de rêveries et, par droiture d'âme, finesse de leurs marques d'amour.

Personnages colorés, saisissants et extravagants, ils s'enflamment aux plaisirs de la drague bien que souvent leurs grosses paluches font des à-plats dans la soupe. D'ailleurs, avant de se pelochonner dans le mitan de leur lit, et, de s'y souder comme boeuf, cachalot, coq et jars, débordent-ils allègrement à s'invectiver et à trompeter de bon coeur par mille écarts et frasques de langage. Mes bons *Roméo et Juliette sur le piton érotique, turlure* ont donc tout du contraire du pathos romantique et du tragique shakespearien..

---

[1] Roméo et Juliette, tragédie de Shakespeare, écrite au début de sa carrière, est l'histoire de deux jeunes amants dont la mort réconcilie leurs familles ennemies.

Écrit dans l'esprit de proposer pour la scène un cabaret théâtre littéraire, mes *Roméo et Juliette sur le piton érotique, turlure* hisse la grande-voile d'une invitation à un voyage culturel imaginaire. À pareille marque-page, ces textes prennent honorabilité de s'effectuer à travers le prisme d'un kaléidoscope de quelques auteurs dont l'art littéraire m'a marqué. De fait, j'ai ainsi voulu redonné vie par imitation créative à la langue de quelques auteurs-pivots, genres, parlures et styles d'écriture phares. Mon regret! C'est de manquer de temps pour faire revivre et rendre hommage, les réimposant à l'actualité culturelle, à tant de centaines et plus d'écrivains m'ayant nourri, transporté, et, souvent dont les œuvres m'ont jeté à la renverse. Mais ici, avec mes *Roméo et Juliette sur le piton érotique, turlure* foin du mythe du réalisme et de la copie exacte. Comme le dit le pianiste Alain Lefèvre : *« L'honnêteté a un prix, le jeu parfait n'existe pas. »* ([2])

Il y a une exception à ce cabaret théâtre, c'est le poème *La vie est un enfant qui a la peau fine*. Sa lecture comme son interprétation appellent à une tout autre modulation que celle du rire ou de l'ironie.

Bonne lecture! Et ouvrez vos oreilles par imprégnation des esprits faisant corps par les arcades et cette Grande-Loge du lien amoureux.

---

[2] Alain Lefèvre par Georges Nicholson, Éditions Druide, 2012

Profil de l'auteur que je suis
Un mot sur mon inventivité

Tous mes textes dramatiques et littéraires sont porteurs de créations radiophoniques, scéniques et éditoriales, et, pourquoi ne seraient-ils pas au carrefour à l'ordre du jour des arts multimédias. Écrivain, j'ai développé un style personnel d'écriture dit poétique, allusif, allégorique et métaphorique. Bref, la pratique de mon art se fonde et relève d'un esprit joyeux, générateur de comédies et d'une théâtralité soufflée par l'emphase et hyperbole ironiques. Je prends plaisir à l'exagération tant dans la représentation du tragique, du drame, de l'absurde que dans la monophonie du cœur aimant, peiné ou heureux.

Autre trait signifiant de ma personnalité d'auteur : je travaille à la lime mes textes me fiant rarement à la justesse expressive d'un premier jet. Jongleur *des belles lettres*, je puise, pour enrichir et colorer mon écriture, à la luxuriance de la vaste francophonie française, incluant auteurs de toutes les époques, régionalismes, archaïsmes, mots d'enfants, trouvailles linguistiques et lexique de mon invention.

Mes procédés stylistiques et littéraires embrassent tant la langue vernaculaire et populaire que les formes articulées d'une langue recherchée. Pour beaucoup, mon écriture *se forme littéralement au jeu langagier d'in-ouïe.*

En un mot, mon inventivité créatrice s'appuie davantage sur les leviers de communication des images, symboles et d'hyperboles plutôt que sur la fiction d'une écriture dite réaliste. L'écrivain Imre Kertez écrit, dans son roman *le Drapeau anglais* (³) " *il faudrait presque que je raconte ma vie entière. Or c'est impossible, car je*

---

³ Éditions Actes Sud / Léméac, 1995

3

manque non seulement de temps mais aussi des connaissances nécessaires. " Dans la même veine, l'auteur ***Édouard Glissant*** a eu un mot fort judicieux qui décrit en gros les lignes de force de mon œuvre : *(...)* *"L'avenir des littératures, c'est l'inexplicable, l'incompréhensible, l'obscur et le trop vaste, le trop lumineux"*.

Ah, ma mie, Mamie !

Prétexte dramatique

La scène se passe à une époque charnière entre le Moyen-âge et la Renaissance. *Roméo* est un pauvre gueux qui, revenant de guerre blessé, amputé et aveugle, fait la rencontre d'une éblouissante jeune femme, nommée bien entendu et fort justement *Juliette*. *Roméo* révèle sa flamme amoureuse à sa dulcinée et l'invite, de supplique en supplique, à passer à des trémoussements libidineux et envols et ébats nuptiaux. Hélas, la belle, née princesse et de haut lignage, lui apprend son désir d'entrer saintement en religion.

La conception dramatique de cette scène se prête à deux interprétations théâtrales; l'une et l'autre sont aux antipodes. L'une propose une fin heureuse et l'autre une sortie tragique. Affaire de conception dramaturgique de passer d'une marche à une autre !

J'ai choisi à quasi mille pensées pleines le lyrisme pour l'écriture de cette scène. Un mode littéraire de surattente pour lequel on espère compter dans un pommier le nombre de pommes, lyrique, elle s'est faite de pastiches, d'emprunts et de calques stylistiques des auteurs et poètes tels Rabelais, Villon, Rutebœuf, Ronsard, etc. Cette pièce *Ah ! Ma mie, mamie* constitue le premier levier à partir duquel j'ai mis en marche, pied après l'autre, ce projet d'un cabaret théâtre littéraire humoristique. Elle donne aussi le ton à un cas de conscience personnel. À l'instar de Victor-Lévy Beaulieu – pour ne citer que lui – j'ai conclu que je ne fais pas pantoute dans la twittérilittérure.

Une première version de ce texte a été publiée en partie – environ le tiers de sa version actuelle – dans la revue d'Art et littérature *Le Sabord*, no 70 de juin 2008. Une interprétation de cette première version fut également présentée, au cours de l'hiver 2008, à l'émission *Les Décrocheurs d'étoiles*, sur les ondes de Radio-Canada, animée par Michel Garneau.

AH, MA MIE, MAMIE !

Roméo
Ma mie, mon cœur s'assère.
À foison il muse toujours plein.
Voyez ! je vous baise vos pieds de mes muscles bucaux.
Voyez ! ma mie, je suis pertuis et tout conchié d'angoisse
de vivre sans aise comme mouche à lait
ainsi que Dieu le veult pour un couillaud.

Juliette
Pauvre fou ! Je suis frappée droit au cœur
que vous n'ayez pour richesse au monde
que le cœur brisé de l'homme tout court.
Vous avez dégénéré dans une fosse d'erreurs
tant votre raison peu émerveillable fait défaut au tracé de la beauté
qui s'étend largement à la ronde.
Ha ! c'est douleur sans pareille que vous soyez bandé
de méchantes braies jusqu'au menton.

Roméo
Aussi me voilà bien puni, enragé et balloté
d'être mauvais larron et sani de bosses sur le pavé.
Ah dame, pitié de moi !
Ayez toute créance pour ouïr et bien répondre
au succès espéré de ma requête
de vous rapetasser, me frotter le front et secouer les oreilles
puis mettre mon nez sur votre bouton et votre fleur,
naïvement coloriés
par mon imagination de ce que j'entrevois sous votre robe
qui se déchirerait à la messe.

Juliette
Holà ! Peste, créature mortelle !
Non, franc coquin !
Beauté, patience et silence sont les seuls soupirs
de la guirlande des vertus qui me fait gémir.
Le temps tarde que je sois emprisonnée
au sein d'une harmonique cité
peinte d'or et de plusieurs couleurs.

Là mes frères, cousins, oncles et neveux y sont entrés
par un pont de verre, construit par enchantement
autour de vergers et de prés
frais comme la rose et le lys.
Il y a là des arbres odorants
et d'une telle douceur à contempler que le chant des oiseaux
dans les branches fait entrer par les oreilles le cœur.
Ha ! peste, créature mortelle ! Vous pouvez me croire.
Sur votre couche de paille,
votre teint défleuri que le soleil n'a pas touché,
frappe si fort
qu'il n'y a pas dans cent lieues à la ronde
une demoiselle en règle
pour se bercer de vos contes.

Roméo

Ah dame ! pour vous cornemuser et détendre vos mâchoires
j'ouvrirais votre vrai puits,
l'assiégeant et le mettant à sac jusqu'au fond du trou
là où les amants mangent huître et coquille en avalant la soupe.
Voyez ma mie !
De votre sottise et humeur importune j'ai la barbe grise.
Les puces me piquent
de vous bâtir cinq pyramides et tout le bordel égyptien
sous une couverture de cent baisers
qui prendrait les plis de mon élan pour vous
traverser la tête d'outre en outre.
Voyez ma vie !
Votre bénédiction et cet accord conclu entre vos bras
absoudraient un pauvre amant
d'avoir rarement dents en gueule
dans un bon pain de mie blanche et de deux livres.

Juliette

Troptidieu ! votre discours est saisi du retour de flamme
par lequel Adam mordit la pomme.
Ha ! voyez mes couleurs délicates !
Gaillard, vous êtes tout emmamché de votre chevrette
qui est pleine de poudre à canon et de mousse
pour m'y esmoucher dessus.

Mais à l'égal du Seigneur, fils de roi,
seul l'amour d'icelui
peut m'assaillir de tous côtés.

Roméo

Ô ma mie ! par amitié pour vous,
j'ai mes deux fèves dures, pesantes et bien gorgées de bave.
Et elles vous saluent en leur langage.
Ô mon amie, elles vous tiennent ce propos
qu'elles sont pendues dessous la loi de Dieu et de ses liaisons.
Pour dire le vrai,
mes clochettes emploieraient toute puissance
à se frotter à tout ce qui est vous.

Juliette

Voyez mon ami ! Vous avez mille fleurettes
dans vos artères et ligaments
qui volètent jusqu'au zénith.
Vous cherchez à me perdre
et voir couler sur mon visage qui en est mouillé
l'angoisse qui l'étreint.

Roméo

Ô asséchez votre cours, rivière !
Votre nature en vous, en guise de monture,
est si belle et si bien faite
que je sais qu'il n'adviendrait de vos chairs,
veines et bassin pacifique,
nul mal, quel qu'il soit, et, comment on l'entendrait.
Ma mie ! Ô ma mie ! voyez ce méchant climat,
ma furieuse alarme de vous aimer comme chantecoq.
Coco coco coco coricoooo !

Juliette

Holà, vous brûlez tout vif comme cafard
de m'entortiller dans mon fourreau.
Ha ! païen, cause de fanatique contagion.
D'ouïr votre plainte, c'est tyrannie
qui fortifie la débilité du beau sexe.
J'entends que vous voulez mettre entre mes lèvres
que je détache ma ceinture comme si c'était trésor de Venise.

Ô tourment d'avoir été faite d'une côte,
chair d'une chair, membre d'un membre.
Vous êtes un Tartare déréglé pour la voracité,
un renard pour l'astuce.
Je vois que vous voulez me percer, dévorer et pourrir de ma chair
au moment où je me suis endurcie,
pour ne devenir que
petit métier, petit mercier et petit panier,
pendant entier à la Dame du ciel
et surpassant la chandelle du soleil.

Roméo

Ma mie, ma pucelle, puisque je manque
comme une morue, de diamants, de deniers
et, le matin, de mirobolantes confitures
peu me chaut que la richesse de votre maison
vaille trente villes et toute la richesse
du roi Darius que jamais aucun chrétien n'a vue.
Ô joli teint fleuri que le soleil a touché !...
Je vous dis sans mentir
que si vous prenez mon escorte
et que je vous enchante de ma cour
jusqu'à votre lit de pucelle, alors peu me chaut
pendant votre dîner que j'ai fait maigre
ou que je n'aie eu que de l'eau à boire aussi grise que le fer.
Mais baste, assez, assez !
Je pressens que chat fourré
autour de votre péritoine pétera de graisse
à tétonner vos tétons potables et bouteilliques.
Sinon, pet de mort, je n'engraisserai jamais si votre vertu oisive
me fait pisser le vinaigre, sans l'espérance de toucher
le méchant fond du tonneau du vinaigre.

Juliette

Ah ! Vous me voyez votre maîtresse ?
Roulant des prunelles et rugissant sur vous de mes lèvres de roses ?
Ô pauvrette de moi !...
Ce disant, je serais déshonorée
pour m'être pendue à votre cou
et fait mon oreiller sur vos deux clochettes
qui feraient grand bruit
en se détendant comme arbalète.

Roméo
Je prise pour mourir votre belle binette.
Juliette
Mon ami ! Vous me faites bâiller aux mouches
par la logique des ânes qui sentent le foin par les naseaux.
Roméo
Ah ! ma mie ! Je suis friand de votre bouchette
et de votre aimable bocage.
Ma mie, je ne gagne pas un sou
par ma besogne qui macère d'humanité.
Juliette
Mon ami, soyez bon autant que mon téton,
hélas, que vous pourriez prendre, attiser et barater.
Je veux vous vendre du pommier la branche
sur laquelle je vois des roses entières
du plaidoyer de notre Seigneur.
Roméo
Mais j'ai ma raison entière en la convexion des cieux
qui ferait percer sous votre ventre et sur votre mufle
une corne pointue et longue d'une coudée
afin de vous étendre raide morte.
Juliette
Oh mon ami, mon assise, ma muraille de défense !…
Ô ma coupe du temple que par Dieu Seigneur je n'ai pas
bien chaude comme chaudron sur le feu.
Roméo
Ha ! votre mignon bourrri bourri et bon furon
qui me casseront le cou
me semblent au contraire dociles à volonté
et chauds comme toute la Grèce
ou comme dix longueurs de saucisses qui guérissent les rhumes.
Planté carré dedans, voyez ma mie toute l'envie qui m'en prend.
Ma mie ! Ô ma mie ! à bien rimer et ramer
je ne saurais rayonner comme un rubis
si jamais j'engorgeais votre tronc
comme si le vôtre n'était qu'un pot à moutarde.
Juliette
Ô convoitise ! J'entends de ce félon
qu'un cœur trompeur et volage qui va s'accrochant à mon échine

pour me passer son aiguillette de hareng blanc
et prendre grande ardure crochue de mon état de pucelle.

Roméo
Mais je vois de votre plaisante bourbellette
comme le beurre frais faisons-là.
Je me coucherai sous vos dents, avec mes mains jointes
pour tenir la tête inclinée, sous votre robe grise.

Juliette
Ha ! ces jours que vous êtes enragé par l'art et les manières
de réduire mon pouvoir à néant.
Mes cousins et les mouches aussi s'attribuent toute la journée
dans ma chambre des places
autour de ma cuvette et de ma chaise percée
au lieu de tenir propre leur maison.

Roméo
Ô ma mie ! Il vaut mieux me peindre accroché à vous entortiller.
Vous êtes ma belle amie !
Vos charmes, dessous votre esprit rouillé, sont pour l'heure,
dolents et doux en dehors
et les autres dont je pourrais faire usure
sont attendus et désirés en dedans.
Aussi, sous le coton de votre bouton qui écarquille ma vue,
j'ai douce espérance de votre fruit.

Juliette
Mon ami, vous songez comme si c'était Jérusalem
aux doux attraits de mes libéralités
qui nous feraient mordre bonne fortune et lardons
de nous démancher comme poule et chapon.

Roméo
Vive la rôtisserie !
En cette saison, qui pique tout bas de libidineuses affections,
vos cuissettes me font frétillard et babillard.
Ma mie ! qu'il vous sera bon avec vos yeux plus gros que le ventre
que vous fondiez en eau et en magnanimité.
J'en suis pour vous le couillon qui prend de vous haleine
jusqu'à aller dans vos régions du cœur et cerveau.

Juliette
Mais je vous dis que de m'aimer comme un singe vert et pauvre,
c'est ce que j'ai le plus à plaindre,

Seigneur, je parle sans être entendue.
Je vois votre glaive venir.

Roméo

Voyez ! ma mie, j'ai le feu croupi comme pillard.
Je me trouve très mal dans mon débile estomac
de contempler votre encoulure,
moitié nue et moitié à couvert,
avec le reste qui est mon arche de Noé.
Mais pour moi, qui ne suis ni de marbre ou autre joyau,
il n'est de bonheur, dont on est plein jusqu'à la gorge,
sans le mélange de tous vos traits.

Juliette

Ô dieu, toutes mes serrures, fermoirs et engins à clé
qui ceinturent mon pauvre cornard
sont choses que vous pissez dessus.
L'objet de vos pensées est une ombre dans un puits
dont seul le bon temps est ce qu'il y a de mieux sur terre.
Seigneur, vous êtes trop vif de votre agitation.
Vous mettez sous votre trou méphitique du cul
mon sedit sermon qui me fera bientôt unir, par une messe chantée,
aux peintures des cloches de notre royaume.
Ô mon pauvre ami ! Ainsi est de nous.
Ni vous sans moi, ni moi sans vous sommes entaillés
pour nous entortiller loin de l'autel.

Roméo

Ma mie ! je ne vois ni abondance ni arbres fruitiers
dans votre chambrette garnie de beaux meubles
et de trophées de dents d'éléphants.
Mais voyez ma mie ! Ô ma mie !
J'ai pour vous de faire
le milan pris dans le lacet, col et collet de votre cheminée.
C'est que tous vos poils, doux comme une poignée de farine,
sont à entretoucher, manier, palpoyer et taster proprement.
Aussi, j'ai repurgé assez tout l'hiver de l'image d'un songe.
C'est assez ma mie.
C'est assez forcer votre chasteté et me tarer
comme si j'étais fricassée.
Je veux fortune avancer. Je pâtis pour votre mal d'enfant.
J'en languis et perds mon beau lustre.
Adiouda ! ma mie, mise en extase amicalisime.

Je tiens à prendre plus d'une lampée à notre baisecul;
et je prédis de célestes conjonctures
à repêcher la rosée de votre bouche à feu.
C'est chose que je prise que la gomme, la miche
et autres ressorts de votre coquillon
quand je suis chassié de tout et tout dévêtu comme pauvre ver
qui n'a que le cœur qui lui en dit de bûcher sur votre moule.
Mais que dis-je, ma mie, chacun sa peine.
La mienne est de vous mendier tout nu.
Et le Dieu merci vous priant lui-même
que d'un trait mon amour vous transporte jusqu'en Arabie.

Juliette

Touquadiou ! Mon ami ! Votre dille et pine
peuvent rester bredouille et pendiloche.
Ha ! ce que c'est que d'avoir l'âme forcenée
quand ce n'est que pour clore ma bouche
et vouloir me prendre dans le trou de la taupe.

Roméo

Ah ma mie !
Quant à moi qui me hait tous les jours
de fermenter comme riz dans une écuelle de pauvreté,
c'est par voltige et baragouin de petit chien
parmi lesquels mon âme est mêlée
que j'entends vous faire mettre, en terre et fossé,
les résistances de votre espèce farouche.
Ma mie ! émondez-vous de la tête qu'il manque à mes culottes
un chapelet de bons écus
que je n'arrive pas à extraire de mon esprit.
Ha ! c'est que c'est ma peine de languir
et de ne pouvoir vous offrir un peigne.
Ah je songe à toutes les humaines inventions,
bracelets, anneaux, chapeaux de fleurs,
gorgerins et pierreries,
qui pourraient éterniser cet excellent ouvrage
de mettre en beauté votre charnure.
Vous en chemineriez la tête légère et haute
tel un bateau neuf paré d'ornements pour la sollicitation de ma vue.
Mais me tabuster et me faire grincher
sont là des pensées dépitées

qui me font sécher comme un filet de pisse, parti de mon glaçon
que vous pourriez pourtant retenir.
Ma mie ! ô ma mie, que j'aime comme une prière ce disant.
C'est la pâle clarté de votre front si pur qui me guide.
C'est ci et cela la rougeâtre clarté de mon amoureuse épître.
Voyez comme je suis rendu défait
de vous voir menue sur mon faix.
Vous me donnez la vie, et, mon âme blesmit
de vous tailler entier.

Juliette

Je me sens éperdue et enterrée vive dans votre cour.
Votre commencement est ma fin.

Roméo

Concluez que je suis tout en étrissillons et que je soupire
de me rassasier de votre vue et autres éléments chaleureux.
Ha ! ma mie ! je demande une nuit de répit,
au-dedans de l'ouvrage,
de toutes vos vertus, rotondités et ondulations parfaites.
Je brûle de vous tenir nuette.
Ô ma bien-aimée ! mon cœur, dans la braise, ne vous fait rien ?
Voyez, je me mets à genoux d'un trop long et chaste sevrage.
Remerciez-moi de broder de gueule
afin de vous embeurelurer d'amourette.
Je suis tout échiné de votre soubassement prude
qui est sans faute de rien.
Ah ! ma mie, ma mie.
Doux Dieu des amants miséreux qui a un sac sur le visage
pour les pauvres larrons.
Voyez ! ma mie comment je suis maraud de vous.
Quand ce jour sera ?
Que nous ferons le saut de cris en ris, d'haleine contre haleine,
d'esprits en pris dans vos lèvres de roses ?
Mandez-moi ! mandez-moi sur votre galerie.
Sentez mon vrai amour, ma mie.
Sinon amusez-vous de mon enterrement en terre commune.
Prenez l'occasion au poil, ma mie.

Juliette

Ainsi comme tout susdit
Fin, franc, fort et flambant
mais plein d'angoisseux soupirs,

vous voilà, mon beau, en piteux greton comme un bouc de Blois.
Vous me voyez à vous déjà accrochée,
avec tout ce que vous pouvez rober et prendre.
Et de gueux vous voilà comme Ivanhoé,
la gueule embuée de bravoure,
mais tout dépéri de biens, sauf celui de me sabrer à la tête
que vous me braquemardez en bas et en rond comme Amazone.
Mais regardez votre minois
et vos yeux de verre à rogner mes tétons
si j'ose dire au bout d'un bâton qui perd goutte.
Je sens bien que vous voulez brouiller mon ventre de poulaine
de vos fornications et purée parasite
qui injurent le ciel et mon honneur.
J'entends bien que vous vaquiez à trop de passions de mon cul
pour que je tire cannelle de la fortune que vous n'avez pas.
Judieu ! je vois à votre diligent cœur
que vous avez du coullart l'art.
Domino ! mon ami.
Ainsi tout fripon pour me croquer et me baller,
faut-il qu'à votre âme sur le carreau,
d'une telle trempe, je flambe ?
Me voyez-vous en perdition comme dé dans un jeu de boules ?
Je ne cours pas comme putain
pour vous laisser rogner mon buissonnet
au moment où je verrais le goulot de votre oiselet
dans mes parties animales.
Ha ! ! mon cher mignon, hélas ! nenni, nenni.
Le vrai amour distille l'honnêteté.
Et je dois fidélité à ma maîtresse
qui porte l'office divin comme le comprend notre bon pape
qui a régénéré les décrets d'Andromède et de Chilchinde.
Baste ! je ne vais pas friquer pour vous tout à trac
de la galère du remords.
Votre trompette est de rayons éthérés.
Ha ! mon ami de langue de satyre !
toute enchâssée des joyeux carolus
de vos couilles et de votre rameau en terminaison épouvantable.
Ce serait faire tourner la chance, cent fois hélas,
que je m'enfonce en hâte dans votre échauguette réprouvable.
Vous m'imaginez comme grue et bourde,

secouant des dents dans la hantise de me répandre
du sang de mon branle sur votre paillasse ?
J'en serais meurtrie
comme si j'étais taillée du feu de Saint-Antoine.
Pis ! je ne veux pas couver sur votre levrette
sans panache de belles plumes indiques,
si c'est pour vous entendre jargonner,
pendant que vous m'avitaillerez de ce qui pend entre vos jambes.
Galopez ! mais allez le pas, mon beau.
Reculez ! et prenez d'autres bécasses à votre filet.
Après si vous avez désir de me voir, sire,
Venez à l'introït sans désir vénérien.
Vous n'aurez qu'à suivre le flambeau de mon progéniteur.
Le pauvret a une toque de moine salie copieusement
au point de labourinage de sa braguette.
Mais si vous venez sans pétarade,
sans vous engrouer et me recharger
que je puisse tomber disgraciée dans vos griffes,
alors je serai moins reboutée par votre tempête.
Vous me verrez plantée, béante devant la statue
enjuponnée de Marie,
mettant dans mon bonnet son œuf pondu et éclos par mystère,
comme il est écrit dans la Bible,
à cause du saint esprit, ma médecine.
S'il vous plaît, mon beau,
Vous voyez ? je brûle du feu des cieux qui dardent ici-bas.
Et je suis ensorcelée de telle sorte
Que tout mon vouloir verse à la clôture
Du couvent de la Pure-observance.

Roméo

Ma mie ! Ô ma mie ! ayez grand'pitié.
Mon cœur, avec l'engin de mon corps, vous avez à tout jamais.
Ma mie ! croyez aux émotions pareilles à des grandes merveilles
de ma science endentellée.
Courage ! et faites bon visage, morbleu, de ma déploration
qui vous fait peinture de mon mal si agréable et doux.
Voyez, ma mie ! mes clins d'œil et autres signes
de fervents appétits de dormir en petit chien avec vous.
Ainsi, je suis nu de pied en cap, le derrière de Ha !ut en bas

tant je suis prédestiné à être prisonnier de tous vos biens
qui sont manne céleste.
Ce n'est qu'un métier de tâcheron qui me fait défaut.
Aussi, j'ai la louable émulation de vous divertir
de tout ce que pouvez espérer qui ne vous plairait qu'à vous seule.
Ah ! ma mie, ma pucelle, je vous parle de mes boyaux,
emplis d'aucun raisin,
mais qui se meurent d'aller en paradis
comme des bons petits saints
qui tiennent la torche à la crèche divine.
Ne soyez pas âprette et durette !
Vos mammellettes dans votre poitrine doulcette
sont plus que poupinettes.
Leur chair proprette et vermeillette sont comme rosettes en mai.
N'est-il moyen de vous mollifier ?
Comment ce peut-il que je vous offense ma mie ?
Sans vous je ne suis que l'anse d'un seau,
tout meurtri et enfondu comme un pauvre ver.
De vos atours, je suis en dévotion et esclave.
Sur ma couche, tout le jour, je ne vaux pas un denier
ni le propos que j'ai encore la force de tenir.
Je remets entre vos mains mon cep ferré.
C'est miracle qu'il tienne encore debout.
N'amendez pas mon ardeur du chétif coup de votre froideur.
Remettez à demain vos laudes !
Qu'il vous plaise, comme le cœur le dit,
Que votre amant arrive en preulx au milieu de la nuit.
Et tenez à mon parti sans plus de paroles.
Auprès de vous, ma mie, à croupetons,
comme un hoqueton monté,
Je baiserai à votre gré votre bon giron.
Déjà, je moult m'émerveille de l'aventure.
Ma mie ! je suis goulu de votre pâture.
Ha ! ! mettez-vous à genouillon ma mie !
Et venez espier mon infernal phallus !
Point bellette, c'est un délice qui vaut safran, poivre, girofle
et en général toutes les drogues.
Nettoyez-le en dedans pour en faire bonne provision
pendant une collation.

Voyez comme je prie qu'il ait les abois
et le son de mille cymbales pour bien vous pocher et frire
toute nue pendant que je vous dirai salut
dans les orifices de l'ouïe.
Ha ! ! ma mie, ma mie.
Je m'ébahis déjà comme Saint-Jacques
de vous monter à l'arçon.
Ayez pitié de moi ! votre bon corbillon trop sage
est mieux que pain sec.
Je vous jure de me couper la tête,
si avant les nones et complies, tierces, laudes et tout l'arsenal,
je n'ai pas rebarboter et besogner sous votre toque.
Votre basestan de femme est sorcellage du piquant amoureux.
Vos flancs de fillaude, ma mie, et votre bouche d'en Ha !ut
appellent par-dessus sa tombe votre amant
au fond de sa mouelle.
N'ayez peur de ce que mon cœur dit comme un mulet.
Je vous donnerais mon sang
de causer pour vous la ruine de vos sanglantes divisions.
Il est juste, dans mes lamentations,
que je vous livre tous mes sens à vous baiser.
Ma mie, j'attends tout de votre guerredon d'amour.
Vos flancs attrayants, tels une fleur qui dure,
sont pour gens ardents.
L'amour est ma peine, ma mie.
Ma mie ! dans ma grande pauvreté, l'amour est toute ma peine.
Omnipotemtem.

Juliette

Ainsi, pieds et mains nues, sous vos regards obliques,
vous feriez votre renom d'avoir fait tomber ma devise monacale.
Peste ! mon beau galant.
Si vous êtes si bien fendu de la gueule
et débrideur de messes et autres moineries,
allez souper de poules et de cuisses
et de gousses des greluches
qui ont les leurs moins fraîches que les miennes.
Allez porter votre gonfanon de cette bien soupirante manière
aux garces qui sont déjà en croupe
pendant l'heure de mes chères matines claustrales.
Ha ! ! mais après, mon ami, qui sait si, un jour,

ayant envie de rire avec vos compères,
ou retrouvant dans votre tiroir le jasmin
que j'effeuille sur ces lambris de marbre,
si aurez-vous encore souci d'avoir de moi merci ?
Mon beau ! vous me saisiriez morte
en train de faire la bête à deux dos.
Ciel ! c'est beaucoup de peur d'être fardée
et grossie de votre machine.
Elle n'y est pas encore que déjà je sens qu'elle peut y être.
Ayez pitié de moi !
Vous me voyez m'amasser comme un agneau
sur votre espérance ?
Toujours serai mal comme chanoinesse chatouillée
qui a lâché la bride.
Une abbesse éreintée par une telle conduite
et qui culbute sans ses Ha !bits authentiques
est le rivet le plus ennuyeux dans notre bon cloître.
Nenni ! Nenni ! Chancelez de votre hantise !
Comprimez, mon beau sire !
Ressoudez-vous à toucher au vrai firmament
sans m'empoisonner de vos mots dorés comme des oignons.
Corbieu ! faire ruine de ma vertu,
par mes deux tétins et moitié du ventre,
ce serait faire descendre le ciel par le petit trou
qui est bon pour le passage de la pisse
et non pour celui de votre artillerie et de sa sève vérolée.
Épargnez-moi de me mettre en l'air comme balle et pelote
si de votre flux de sang peut m'advenir le mal de la furète.
Hé ! da ! mon angélique ruine me ferait sauter et braire,
sans mondaine plaisance.
Nenni ! ô mon seigneur, ô mon âme.
Voyez, je veux me donner à ces religieuses
dont les pratiques pieuses
sont d'humeur cordiale à notre autel des Sœurs-pêcheuses.
Aussi vous devriez mettre plus de longueur à vos prières
et plus d'honneur cardinal,
dans la sainte couronne d'épines de Notre-Seigneur.
Jamais il n'a été dit que Notre-Sauveur a eu le croupion
allègre et volant Ha !ut comme un papillon.

Roméo
Foin de ciron mâle et de galant !
Peste de tout ce saint foin du ciel !
Laissez l'époux de l'Église à son clou !
C'est telle chose, pour une pucelle, ma doulce amourette
et une autre, dans votre couvent forclus, un sotart et un lourd.
Je vous dis, comme bon larron, assez me déconfire !
Je vous implore comme petit poulain fait pour votre bible.
Jamais à votre lignage, je n'ai vu plus Haut,
en long et en large, de lances divines à mon âme.
Aussi je devine à votre aposture des frottements plus naturels.
Alors à vous honorer et servir, par ma corne à votre toison,
m'est avis que votre ferveur, pour votre fondation plein de zèle,
ne vaut pas mon sadit branlement
par mon attachement à votre loi.
Toudieu ! vous contemplez à mon désir,
dans la chambre nuptiale, et plus tôt que tard,
sera blanchir la robe de mon âme
et trouver expédient à mes bourses, engluées d'aucun mal.
Ma mie ! ayez pitié de moi qui suis votre amant
entr'Habité d'aucune vilenie et bosses chancreuses.
Ainsi, très bellement, toute nue à nu,
moult vous plaira de mon gage
aussi longtemps que peut la douceur
de votre duvet et autres poils.
Je vous dis mon penser.
Comme bœuf et vache liés au marché, dans la joute d'amour,
un bon ménestrel et une bonne bourgeoise,
prêts à se cabrer de gaieté,
surpassent à la fois bonne renommée de Jésus-Christ
et ceinture dorée de vos sœurs d'ardente pieuseté.
Juliette
Ha !! comme à Dieu plaît que tout cela soit bon
comme un baiser sur la bouche.
Je sens venir que mon sens est abattu.
Mais parlez donc encore !
Faites-moi rapport à mes oreilles
du moyen de cette fin très périlleuse.
L'entreprise est si étourdie.
Je n'ai même pas de robe blanche

quand vous m'emmèneriez sur votre litière comme au ciel.
J'ai si peur d'être butin et de paralyser,
à contrepoil, par des amours hommasses
ou par la corruption et autres débaucheries interchangeables.
Il m'en faut tant, pleins barils,
plein comme un tronc pour les indulgences,
de vos paroles quand ce sera pour faire baiser
mes pieds, bras et mains de vos belles boucles de cheveux.

Roméo

Que oui vous dis-je ma mie, ma tant belle.
Voyez mon très bon cœur
pour ce temps de rondes fleurs tendrettes
qui sont comme pomme et flouron et flourette
et le meilleur de votre nature de bergerette.
L'amour va toujours priant une partie d'éternité
fichée dans une partie du corps entièrement sphérique.
Ainsi fait, à l'endroit ou à l'envers,
de côté ou sur un seul pied, les mains en l'air
ou les labies biscottant autour du pot au lait du bas,
alors les sept planètes seront bienheureuses
de nous voir nous court-tourner,
tout à nos mœurs, dans notre verdeur.
Moi, pour piédestal, j'ai mon lyron.
Ma belle amie, votre caquesandre,
votre bondon, votre badingoince d'amour
me rendent eh ! da ! fou, niais, rêveux et tout rassoté.
C'est votre beau petit pétrin joli
Qui m'enraidira in vitam eternam.
Je serai bien courtoisement à brèche-dent
dans votre duvet de chapon.
Dans ma main, comme un oison,
il sera plus délicieux que d'autres.
Cornus salutatis teae et meum liberator.
Votre bracquemart sera mon plus heureux trinquet.
Nous cosserons dedans. Nous cotterons dedans.
Nous bazzerons dedans.
Nous échabotterons le feu à clair et grand feu.
Vos beaux yeux, ma mie, jamais n'en serai las.

Juliette

Mon beau sire ! vous me rendez comme folle à la messe.

Je me vois devenir tout avenante et votre desservante

sous le patronage de Saint-Valentin.

Le docteur abbé, plein de répréhension, sera bien piqué.

Déjà mes prières, à cette heure des complies, sont plus frivoles.

Mon beau ! au nom du Seigneur, vous parvenez bien à vos fins.

Je suis ébahie et déjà balancée de votre plaisir.

Aussi il faudra nous accoler comme mari et femme.

Et franchement, j'en ai bien soupé des choux du couvent.

Ainsi je sens que je vais rompre les rangs des novices.

Après tout, la chicheté de nos pédagogues évangéliques

ne vaut pas le jeu de la chandelle.

Mon bon ! il ne convient plus d'en parler.

Votre bon rondeau me semble déjà une épine peu benoîte

dans les insignes reliques de mes patronnes haltères.

Et ainsi fait, à être l'objet de tant d'amour,

je vous serais miséricordieuse

Que la joie de votre cœur noie de bon la peur

qui était cachée dans le mien.

Ô mon ami ! je m'ébaudis de votre bonne fortune.

Vous me voyez votre maîtresse délicate, et,

déjà pâlotte de toutes parts de votre licence.

Ha ! ! me voilà bien émoussée et agitée.

Mon attachement à vous est source de larmes et de délices.

Qu'il doit être joyeux, mon ami,

qu'avec pieds, mains, jambes et tout,

que nous puissions mous larder et nous mettre en broche.

Roméo

Ha ! Ha ! ma mie et dame.

J'oublie mes alarmes, ma mignotte.

J'étais tout transi et rétif

que vous sonchiez au songe d'un dur conclave.

Leur sujet, s'il vous plaisait, vaut néant pour les amants.

Pas un pet de bigotte ne vaut damoiselle

dans sa naturelle gamme.

C'est bon que vous, ma mie, m'ouït.

Déjà je vois toute la clémence de la vie

à pouvoir vous empaqueter sur-le-champ

dans mes guimpes, bavette et couvre-chef.
Ainsi fait, buvons un pot.
Et si dedit, accoutrez-vous pour que mes yeux riants
estudient les cieux sur vos tétins.

Juliette
Mom mignon ! voyez comme je les mets à l'aise.
Et ce disant, voyez dedans, avec mon plaisir,
comment mon cœur accourt.

Roméo
Ô de tant de joie avoir,
nous aurons bientôt un beau petiot blanc et net.
Et de ma poignante vue, il sera pourvu de votre beauté.

♪♫

Vraiment, il y a un monde entre nous

Cette scène rend un hommage posthume à la merveilleuse animatrice radiophonique d'origine mohawk, feu Miria Cree, décédée en 2005.

Une femme-poésie en ondes qui fit vibrer pendant vingt-cinq ans à la radio de Radio Canada la langue française. Je comptai dans la composition de son auditoire qui fut choyé par ses à propos, son talent de communicatrice, son raffinement, tout d'esprit joyeux et déluré. Miria Cree fut au micro radiophonique une délectation pour le bon usage de la langue de Molière.

Prétexte dramatique

Cette Juliette-ci, qui navigue sur le lac houleux d'être magister et géant d'esprit craint d'autre part de se mettre au cou des leçons qui coûtent cher. Elle fait la rencontre dans un bar de Montréal d'un Américain, promoteur et vendeur d'un lit dreamatic (#). Le pauvre, il s'exprime en français à tort et à travers mais c'est cela le fantastique avec sa dulcinée qui se moque allègrement tout au final en ..... .

VRAIMENT, IL Y A UN MONDE ENTRE NOUS

Roméo

Miss ! Pardon, mademoizelle ! My fairly blonde ! Vous êtes gratis et de combien de ? J'élève comme un danseur qui gadrouille sur un matelas de votre air embardouflé et super languide. Est-ce que je peux vous gratter à l'envers sur votre dos avec mon coude qui peut se déplier en forme de houle ?

Juliette

Dites donc ! J'ai à m'imprégner des inflammatoires de votre déclaration.

C'est ça. Parlez-moi en avec votre langue bien pendue. Dites-moi ce qu'est le lot fait de votre ton, de vos mimiques et de celui de votre langage gestuel ?

Roméo

Par la noirceur grandiose de ce bar et de son mail tentaculaire, je vous trouve pas délabrée de ne pas frayer avec des fripouilles asiatiques qui prennent du ventre comme des mauvais bébés africains.

Une manœuvre de mamaour est un gouvernail et de la mélasse.

Vous permettez que je mette ma main gauche sur votre hanche qui ne doit pas sentir le vernis d'une morue ?

Je regarde par obligation vos pauvrettes cuisses, vous me donnez envie d'y coller en polyphonie mon double menton.

Juliette

Holà bourdon de huit cents cinquante livres et de vingt pieds d'épaisseur ! Êtes-vous ici pour enterrer votre vie de garçon ? De déconvenue en déconvenue, pensez-vous que votre globuline est idyllique ?

Roméo

Je suis charmé par impulsion de votre tête herbue de jolie fouine pas sauvage. Vous ressemblez comme deux gouttes d'eau collées à la trouvaille en photo de la tête de linotte plaquée sur la poterie chinoise de ma table de chevet.

Juliette

Mais c'est hérissant, mon beau. Dites-moi, homo habilis ! Croyez-vous que l'un de mes seins, celui qui fait image, aurait la chaleur d'un terrier ?

Roméo

De par Yésous ! Ô chère détente au gaz ! Par les mollets du Christ..

Juliette

Oh oh man ! C'est cela votre ornière ?

Roméo

Ô darling ! J'adore vos points noirs de beauté matelassée de lait gris blanc de poule. Je vibre par ressauts de faire gratuitement le matamore le long de votre silhouette de guguse fondante. Vous aimeriez lécher mon index et tube conducteur gonflé à l'hélium. Il ne sent pas pantoute au vent frette la charogne d'un marabout. Ô baby ! Que je désire vous infliger ma gadouille extracorporelle jusqu'à ma dernière heure !

Juliette

C'est par délicatesse que vous vous présentez ainsi ?

Roméo

Ya ! Je suis au finish le bougre du Tea Party qui montre la marchandise des attributions du Seigneur. Voyez mon faciès bien employé de tête d'ours bellement rasé et dégraissé ! En vérité, je suis l'ombre et le vernis de la Bible.

Juliette

Et c'est de cet engrais, extrait de vos dents, que vous étendez sur l'échiquier ?

Roméo

Ya, ya ! Regardez ma médaille en tôle des deux côtés de la photo des stigmates du Christ.

Juliette

Elle est pannée dans votre peau comme un tatouage ?

Roméo

Vous aussi vous avez une tatou dans les bonnes conditions qu'on peut endurer sur un cadre de lit ?

Juliette

Je note, je note. Je note tout en oubliant le plus possible le sens originel de posséder comme jamais autant de science que d'obscurité d'être une intellectuelle.

Roméo

Je vois. Vous devenez folle comme de l'orangeade dans le décorum de ce bar et vous désirez vous achalander avec dextérité de mon organe décongestionnant et capiteux. C'est cool que vous poussiez de votre col. Non, de votre collet monté comme une barbe drue.

On va s'entendre et s'abattre comme céleri et ceinture de Vénus. Moi-même je suis un évangéliste sur deux-roues.

Juliette

Sur une bécane, mon beau ?

Roméo

Croyez-moi, jolie dorade bien découpée. Je suis depuis le déluge la cordée, le beau-fils et le disque compact de toutes les faces internes et externes du Christ.

Juliette

Et c'est cela votre rang que vous occupez dans le registre de nos belles lettres ?

Quant à votre devise gravée sur votre bague, dit-elle en un mot tout du flanc du Seigneur blessé par l'ombrage de votre autoportrait ?

♫♫

Roméo

Ma belle souris atteinte de contusions. Je vous sens éperdue ensemble dans l'ampleur de ce bar qui attire les âmes détrempées.

Juliette

Au fait, vous accouchez de quoi que ce soit dans vos limbes ?

Roméo

My darling ! Même dans un demi-sommeil, vous empreinte sensitive de braise me sera douce comme glycérine.

Juliette

Comme me ravit votre figure de rhétorique. C'est du demi-sel enrichi.

Roméo

Ya, ya ! Je suis englouti de vous savoir impulsive et plus complexe que laitage caillé, salades et noisettes croquantes qui se reproduisent par une forme de bouturage érotique.

Juliette

Seigneur, répétez-le-moi ! Que vous avez le bon œil pour ces fantaisies de la nature par lesquelles une patate, sensible à une poche de patates, accouche dans une poche de patates d'un tendre enfant. Ah ! Que m'enchante, telle la vôtre, votre sommité de patate. Pour dire le vrai que je dois enregistrer comment est-ce possible une flambée d'une telle patate comme la vôtre ?

Roméo

Ô truffe de Yésous que j'entrebrasse chaque matin jusqu'aux oreilles. Je suis entiché de votre visage de sauvagesse composé d'ondulations, de plis et de mignardises propres à vos soirées d'électrocution françaises du Québec. Dites-moi souris de mon cœur ? Voulez-vous caler votre tête sur mon tatou de la Vierge ?

Juliette

J'hésite en pensant à votre proposition harmonieuse. En principe, je suis loin d'être patraque.

Roméo

C'est bien que vous swinguez sur une patte comme dans un sous-marin par le langage transversal des fleurs.

Juliette

Ô visions qui s'imposent mal à l'esprit ! Ô vente à tempérament de ma morphologie portée à certains plaisirs !

Roméo

C'est vrai mon ange ? Vous chauffez votre auto avec du bois blanc. Moi-même j'ai déjà nourri un zèbre mirobolant et pas tempéré avec sa zébrine ? Le monsieur mêle couvrait d'ardentes convictions sa communion solennelle pour sa fleur de lys.

Juliette

Voyez-vous le fond de mon regard virant en blancheur aqueuse et tiraillements tant s'accroît, par votre sémantique, mon saisissement de vous entendre.

Roméo

C'est beau cet incalculable bonheur de former ensemble un gros plâtre à avaler par lequel nous pouvons broder avec nos langues de communiant. Que je trouve agréable notre tempo dans le gisement et la magnésie de ce bar ! Aussi je vous propose cette combine. Je pense à notre harmonium.

Juliette

Plutôt bysantisisme. Comme une farce, le principe d'une volaille.

Roméo

Exact ! Vous voulez vous faire bouffer sous la barre ? Alors je peux vous becqueter, pignocher une joue et vous broyer le nez du bout de mes deux dernières dents d'ivoire en or. Pour moi, ce serait déjà la perfection que cette bonne moitié de la jouissance aux dames.

Tenez ! Tenez mon verre entre vos doigts ! Laissez vous exalter de cette âpre chaleur du mien qui est imprégnée du sébum de ma main. Chère beauté champêtre ! Chère fondation pieuse ! Est-ce que je peux humer vos dessous de bras qui ne sentent pas comme les miens quand je travaille le cul-de-porc secoué ?

Juliette

Que vous êtes mon genre révolu mais vraiment pas quelconque ! J'en rêvassai tant comme sujet de racolage.

Roméo

Ô spring roll ! C'est si plaisant de vous entendre soupirer et d'anticiper votre poil frisant en bottes sur les miens. Vous êtes de mon goût pour qu'on vivote ensemble bien peigné comme le suggèrent vos motifs contemporains de papillon sur vos mollets. My darling de vamp ! Puisque que vous voulez tomber en quenouille, vous boirassiez bien sans vétille un putain de whisky luxurieux ? Je vous l'offre par romantisme puisque vous jouez de la prunelle en X pour mon joint de dilatation.

Allez, allez ! On va trinquer à vive allure deux minutes sur ça.

That all ! That all !

Juliette

Comment ? Vous voulez dire comme ça ? Tout de suite ? Que je sois prise dans votre tricot tout collant qui évoque votre espérance de me brûler et de m'endormir dessus.

Roméo

Cheeeeeeese ! Ô baby ! Vous êtes fine. Vous êtes mon genre surhumain vautré flanc à flanc. C'est certain. Je sens que nous ferons quinconce comme un poney éventé et sa ponette, léchée et débarrée comme bétail.

Juliette

Mince alors ! Permettez, vous me coupez le souffle. Avec vous, je crains déjà d'être la seule au change à voir clair.

Roméo

Ho ! Vous reconnaissez dans mon lainage ma corporence d'ex blond. Alors donnez-moi à l'œil votre dernier coup de grâce. Vous aimez sûrement les gaillards monochrome, gris bleu et un peu grisâtre qui tirent sur le gris, le gris argenté ?

Juliette

Seigneur ! Quel parti que cette bouillie de farine qui me joue des coudes !

Roméo

Oui darling ! J'adore votre senteur d'avoine pas gênante et le fichu de desingneur français de votre shampoing odoreux.

Mais je suis incapable de me caler comme un bull-dog expansif dans votre langue par laquelle vous faites de la poésie quatre-couleurs dans les nuages.

Juliette

C'est un peu écœurant, n'est-ce pas ?

Roméo

Oui ! Pour le spécimen que vous barbez de votre culture nationale pointilleuse, j'en perds les couleurs de cul rose. Par contre, je ferais bien la bête sur votre gentil sein-ci. Le droit ! L'espèce qui a beaucoup plus de classe devant votre gentille penderie. Quant à l'autre, celui qui est cantonné sur la gauche attestée, je ne le garderais pas sous mon nez incognito jusqu'à la fête de Pâques.

Pour vrai, ça ferait du bien à ma cataracte si j'avais la fièvre jaune par tout ce qui cloche de vos mamelons partants d'amour.

Ô dites-moi dans l'œuf, baby ! Suffit les explications bonbons arrangées ! Vous me comprenez, n'est-ce pas ? Dans ce cas, vous voulez me regarder pas boutonné en photo ? Sans couleurs de noir et blanc ! Comme quand j'ai retiré pour la première fois mon dentier à l'âge de quinze ans. En fait, à ce moment-là j'avais enfreint la loi de Dieu en me masturbant au travers d'un œil-de-bœuf. C'est pour ça qu'aujourd'hui je mange que de la purée de chips dans un bar.

Juliette

Diantre de rognons ! Et à ce moment-là, sous la voûte des cieux, était-ce comme quand vous aviez pour l'énième fois des grandes taches brunes dans votre couche ?

Roméo

Yésous que vous êtes dégourdie sous pression, et, bien meublée d'un grand fonds d'information au sujet du beau milieu de mon développement. Vous êtes sûrement décrottée pour vrai aprover-dose de la noix.

Juliette

C'est notoire autant que le panier de la ménagère.

Roméo

Ah ah ah ah ah ah tchoum, tchoum, tchou ! Ah ah ah ah ah ah tchoum, tchoum, tchou !

Ô darling ! Excusez les mucosités de mon nez détérioré. La patente est qu'elles ont arrosé les dorures de votre toilette.

Juliette

Je crains le traitement que vous me réserverez le jour que vous vous taperez sur le ventre. Quand je serai un substitut dans votre lit.

Roméo

Question, question, my darling. En quelle année complète entre le soleil et sa lunaison de douze mois êtes-vous née ?

Juliette

S'il s'agit de pâtir, j'ai commencé à avancer pour si peu en . . .

Roméo

Moi, c'est venu comme un bas à mon pied par les titillations de l'excréteur de ma maman. En beau juillet radieux. . .

Juliette

Je suppose que votre maman s'est sentie empotée pendant longtemps de cette douloureuse tournure de s'être gâtée un jour d'un plaisir.

Roméo

Venons en à la grappe de ma foi et des fleurs qui sont accolées dessus !

Juliette

Et de cette confidence vaporeuse devant fendre la foule, que ferez-vous de moi ? Un crocus, une aubépine, une belle-de jour, une belle-de nuit ? Je vous signale. Je suis de la réserve sauvage de Kahnawake. (^{4})

Roméo

La plus ou moins féerique par le fécondateur ?

Juliette

Nous revoilà dans l'ornière de votre challenge.

Roméo

Je vous adore comme personne native et commémorative. Mes deux boulettes que vous vous mettrez sous le nez ont déjà une force motrice enflammée au max.

Juliette

C'est ça. Enfargez-vous entre vos dents onglées et voyez-moi, exclusivement pour cette nuit-ci, comme votre heureux hospice.

Roméo

Ô my my my darling ! Pour mon système digestif, ça sera doux comme dans un roman sans chamboulement. Tenez ! Brochez-vous par la mécanique d'un tête-à-tête sur mon épaule ! Allez ! Appuyez

---

[4] Communauté amérindienne iroquoise établie en proche banlieue de l'île de Montréal.

votre margoulette de pied ferme sur bibi ! Il n'y a rien d'indomptable dans votre état d'indienne chaleureuse.

Savez-vous mon bébé que c'est moi par hallucinose qui fait l'annonce à travers la télé au Missouri des dessous et dessus de mon lit drimematic. Allô, allô ! Êtes-vous handicapée jusqu'à la fraise de cette sensation de mon invention ?

Juliette

Plutôt oui ! C'est le festival de Montréal en lumière.

Roméo

Alors ! Une minute, clovisse ! Voyez donc de travers ma photo d'entrepreneur de l'année sous ma cravate !

Juliette

Celle-ci ? Celle de votre air dézingué et qui me fesse. J'en perds mon élocution élyséenne quoique ça devrait élever la critique des images littéraires sur les accessoires.

Roméo

Exact, my bébé qui se grouille. Me voyez-vous confortablement agenouillé au-dessus du ventre de la marchandise ?

Juliette

Tout à fait. Et avec plus ou moins de gravitation de votre matière grise. Dites ! C'est vous qui avez inventé ce bonheur précaire pour des relations plus ou moins sentimentales ?

Roméo

Of course, baby ! My sweet tempest ! Ma belle pitoune comme on dit icitte pour une gorge chaude comme la vôtre. Que diriez-vous en tant que grape-fruit, si je vous étranglais drette-là par mes baisers enflammés de bois vert ?

Juliette

Déjà, c'est terrible. Je rendrai gorge, j'étoufferai par ces diables de l'enfer. Demain, en ondes; je restituerai tout de bon cœur en direct.

Roméo

Ah ! Vous parlez de votre grand sympathique. De votre cyberespace en combustion. Je comprends. Jeune homme, j'ai fait des études en médecine sur des papillons épinglés pendant une journée.

Juliette

Ô Seigneur et ses dispositifs d'accommodement déraisonnable. Dites-moi ! Votre puits de science, c'est pour contrecarrer un prix Nobel ? Ah que je pressens franchement le drame d'être sous peu brassée en étau entre l'éternel et tout votre ensemble. Je sens tant d'inatteignable sous votre écorce.

Ô que grande l'ombre d'un songe qui allonge les statistiques ! Je devine écrit sur votre pierre tombale cette épitaphe. Ce fut un songe bref tournant mal ou tout chou.

Roméo

Merci légèrement my love. Je sens que votre genou s'afoiblit à mes disures de bon cœur et tissures de mes doigts sur votre rond de cuisse poivré. Ah la bonne chair ! Les bons morceaux d'entrecôte qui adouciront mes cordes vocales. le matin, j'ai la voix rauque et ma langue sent le putride.

Juliette

Ô éphémères arguments célestes de faire écosser mes belles jambes! Cher météore ! Je crains d'avoir une chance incertaine au moulin, cette nuit-ci. Agitez-moi donc encore un peu de votre sonnette ! Celle de cette espérance qui me dise comme dans la chanson, vaguement au fond, que je vais et viens ! Que je vais et viens...

Roméo

O. K. Ravalez et fouillez-vous ! Yeah, my darling. Vous ne tomberez pas pantoute dans mes oubliettes après les complications de notre procédure. Vous êtes ma pépée. Ô baby ! Je vous ferais du genou entre vos cuisses dispersées pendant dix minutes sur douze. Ah Yésou tiré de son tombeau avec la barbe lavée. C'est fou. J'ai les dents et la langue croisés dans le but de subir le chauffe-bain de notre accouplement en laisse.

Juliette

Mon Dieu ! Mon ami, n'en parlez pas de trop. Vous en venez si vite à la pacotille indiquée mais trop largement partagée par l'opinion publique.

Roméo

Oui ! C'est sans importance aujourd'hui les détails hurluberlus de la vie qui vous asphyxient pendant le bien-fondé de votre problème.
Chère croquette et jolie roulette ! Je voulais vous demander si je peux mettre ma main bien amicalement sur le corps vitreux de vos seins à enchevaucher ? Je viendrais mourir dessus comme canari mangeant candi.

Juliette

Mais c'est ça, allez-y ! Vous croyez que la pomme en feu est déjà cuite dans ma champignonnière ?

Roméo

Chère petite mouche en cachemire mais qui gronde sans chipoter. Votre souffle incendiaire et votre croupe, harmonieuse de confection, font déjà ébaudir mon bourroir de velours. Qu'il me plaira de vous épucer par extensivité !

Juliette

Et en quoi proportionnellement la quote-part de votre escofion me sera proposable et présentable ?

Roméo

Ô kick as usual ! Oubliez votre sang mal mêlé de poils longs ! Je tiens tant à enserrer votre nez de native entre mes deux coudes. Je vous ferai miroiter, en arrachis, une motte de mes gentils sourires. Vous ne me chicanerez pas, j'espère, si je vous propose mon pop'art de la grimpette !...

Juliette

Vous ! Vous n'avez pas de cran d'arrêt quand vous cuisinez en vue de faire bombance d'une petite fleur et de son poisson d'avril.
Mais attention ! N'y allez quand même pas comme si mon pied était au fond moins que rien. Bavardons encore un peu sous le pommier !

Roméo

D'accord ! Faisons de l'entrejambe dans l'environnement obscur de ce bar peint aux couleurs de corned-beef. Allez ! Grugeons ensemble par les sutures de nos deux mains dans le buffet d'olives suppurantes qui sent la bastarde de l'herbe au chat.
Mais si vous n'aimez pas cette turbine, je peux commander à la place une pile d'os de brochet fumé. Nous les sucerons, en buvant notre cocktail, comme si c'était du pain au lait.

Juliette

C'est certain. C'est peu entre nous qu'un seul os à ronger.

Roméo

Bon, bon, darling ! Occupé à rien, je vais sortir une olive de votre verre et je vais l'émietter pour vous entre les ressorts et rivets de mes prothèses dentaires.
Hé baby, baby, my willing ! Maintenant, je peux laisser aller et bâcler mon épaule contre votre bretelle droite ? Celle qui sent les relents conférés de votre champ de foire du plus bas. Mais l'autre, la gauche, l'autre garniture de votre nuisance ne tombera pas à l'eau. Je vous le promets. Quand nous serons en plein boum.

Juliette

Mon Dieu ! C'est la manne et le gros grain. Il faut vraiment que j'aie envie de la meringue. Déjà je sens combien le temps me manquera pour apprécier tout le travail en boule de votre pensée.

Roméo

Juliette tente de s'allumer une cigarette.

Voulez-vous que je vous arrange machinalement avec ma flamme qui déborde d'un gros pied de l'éperon de ma pipe ?

Juliette

Excusez-moi; je vous connais si peu. Je préférerais que vous ajoutiez un cocktail. Je méditerais dessus. Mais n'attendez pas de miracles si je m'attendris peu de ma pendaison entre vos bras. Ça serait difficile pour moi qu'entre nous l'impossible devienne possible une autre fois. Vous voyez mon étoffe de servitude volontaire dans tout cela ? Vous voyez dans quel sujet inédit et, mourant, je vais pour un si peu de bon temps ?

Roméo

C'est certain. C'est un épouvantail le mélange de pluie, de neige et de nuit toute la journée. Mais il ne faut pas déferler dehors en trompette avec seulement ce bourrage plate par lequel vous vous passez la corde autour d'un balai. Contre ça, il faut prier que vienne de bon cœur le printemps par la vapeur liquide de chez-moi.

Juliette

Bon sang ! Je voudrais oublier tout et oublier rien. C'est dur'dure pour moi de m'acclimater à votre lorgnette et autres filaments indissolubles.

Roméo

Ha ! Vous aimez aussi mes lunettes, taillées en verre vide et en forme d'accroche-cœur ? Regardez ! Elles sont bien pratiques. Je peux les resserrer par le manche sans grafigner sur votre poitrine votre monture élastique.

Juliette

Ha ! Là là là. Vous ! Vous avez la griffe d'un âne ? Quand vous parlez, c'est toujours vous qui parlez ?

Roméo

Goddam, je remue dès fois à l'opéra à cause de la friture. Mais j'ai jamais changé de voix. Vous ? Chère exsudation !

Juliette

Moi ? Oui ! Dès fois mon ami. Et je peux dire heureusement.

Roméo

Ho ! Là là là, ça vous va très bien votre beau drap noir en carton sur la tête. Je vois par distraction, en plongeant dans leur brouette, aux travers les couleurs primaires de vos beaux yeux. Langagiers !..

Juliette

Hutteeeee ! Pardon, mon ami. J'ai à digérer gros. Je viens d'avaler l'olive, le noyau, et, par bécarre et bémol, avec l'oignon le cure-dent osseux de la carpe ou d'une autre levrette des mers.

Roméo

Hé take upon ! Barman, s'il vous plaît ! Mon grave garçon peigné en rose ! Allez ! stimulate you to do so ! Un verre de whisky avec un sous verre recto-verso pour ma sweet heart.

Juliette

Ha, mon bon. Vous êtes vraiment en forme, vous. Vous n'avez rien d'un mirage ? Et sous les pommiers, vous ramassez combien de fossiles du Québec qui s'alignent sur votre trame de laine ?

Roméo

Fantastik. Vous êtes mon premier gant blanc adultère de ce jour. Cheeeeeese ! Je suis un gros battant. Un tourniquet entre des pots de fleurs.

Juliette

À la bonne heure ! Vous montrez votre petit tricot, vous.

Roméo

Je ne suis pas irrité mais ébouriffé de viser toujours plus haut. Et vous, my yellow baby, allez-vous sortir tantôt ? Ou si vous voulez rester à tâtons au bar ?

Juliette

Non ! Oui ! Vous me voyez encore sous le choc que vous soyez encore en train de me chatouiller le petit doigt. Je suis tellement surprise d'en voir tant de vous en si peu de temps. C'est votre costume aussi, peut-être ! Je ne vous vois pas vraiment habillé à l'opposé. Votre habit me donne le parfait exemple de vous à l'infini.

Roméo

Elle vous plaît bien à la figure ma cravate ? Moi aussi, je la trouve parfaite pour plaire à une maîtresse comme vous. Elle louke lovely comme disent les Français qui sont mélangés de parler sur le monorail de leur langue. N'est-elle pas vive ma cravate d'ovni ? Elle colle si bien en douze tours serrés après l'anneau de ma gorge.

Juliette

Mon doux ! Il faut vraiment que j'aie envie de tout, cette nuit. Et le soir, votre ficelle, vous l'attachez à la tête de votre lit ?

Roméo

Oui ! Grâce à Dieu, mon lit se travestit en pente aguichantes de motifs d'avertissements érotiques salutaires.

Juliette

Attention ! Je ne suis pas sûre que mon cœur y sera. Je n'ai pas envie de finir dans la rubrique des chiens écrasés. Je n'ai pas vraiment l'intention de passer aux nouvelles.

Roméo

Permettez-moi, my trusting love ! Je trouve ça tentant votre amuse-gueule sur votre oreille. Pour y goûter, je peux vous l'entailler avec mon épingle à linge qui retient mon pantalon ? Ce sera pour un souvenir de vous à l'occasion.

Juliette

Vraiment ! Vous allez m'en déballer beaucoup de votre poésie des abysses ? Vous savez, moi, les flots que j'aime, j'ai une vague impression que je ne les verrai pas sur vous plus d'une fois.

Roméo

Je vous comprends. Vous êtes tellement un ravage. Ô candy girl !

Juliette

À demi, mon ami, mais le coq et la poule chantent.

Roméo

Vous pensez que je fais bien de commencer à lécher ma moustache? Entre les deux fenêtres de vos lunettes ?

Juliette

Bah ! C'est mince, mon brave, mais si c'est votre recette. J'imagine que je ne trouverai pas ce soir mon Casanova. Remarquez ! Ce n'est sûrement pas de votre faute. Par contre, je vous dis, moi, manger le radis sans le beurre, me donne la migraine ?

Roméo

Darling, my precious ! Je vous adore et ferai du ramdam avec vos orteils habillés de bas blancs. C'est bien ça. Je félicite les babies comme vous. Je peux vous embrasser dans votre dos tourné et sur le limon de vos petits poils dans le cou ?

Juliette

Ha, ha ! Je vois. Qu'est-ce que je pourrais voir encore ?

Roméo

Vous avez contemplé l'influence et le parler au cœur de mon petit gilet ? C'est celui de mon High School.

Juliette

Chacun son goût. Il vous est arrivé quelque chose là ?

Roméo

Hé, hé ! Barman, sacré diable. S'il vous plaît ! Amenez-nous avec vos menottes un bol géant du cocktail ! Comme on dit, l'alcool fait dégoutter comme averse les veines spéciales du deltoïde.

Juliette

Justement, mon ami, il faut que je vous dise que les sommets retombent vite et mon amante M. C. ne mourra sûrement pas cette nuit au boulot. Nous avons encore du pot mais pour si peu.

Roméo

Je vous trouve donc de bonne augure, pas comparable pour mon voyage d'affaires.

Juliette

Moi aussi, mais c'est pour moi le grand écart. Non, non ! Décidément, je ne peux vous aimer comme cela ! Ce sera seulement pour la forme et déjà j'en suis déstabilisée !

Roméo

Et si je vous invitais pour aller traîner en premier comme deux doudous chimiques dans un cinéma porno ?

Juliette

Au train où nous allons, l'intermède ou que la pub, mon beau. Ah ! Toutes mes illusions s'en vont. Pourtant, j'étais concentrée sur la bagatelle.

Roméo

Cheeeese ! Après ça sera le fleuron si vous êtes inclinée à venir chez-moi. J'espère que ça ne vous fera rien. Ma maman va dormir à cette heure-là. Est-ce qu'elle sera au fond de votre pensée ?

Juliette

Berzique, alors ! Que vous me donnez l'envie de l'abîme. Je vois sans peine votre bonne maman dans votre lit.

Roméo

Oui ! Je suis fier qu'elle se ratatine dans mon lit avec ses pilules de mémère douillette. Mais vous, dans un éclair, est-ce que vous espérez qu'on entre en fanfare ou qu'on passe par-dessus sa tête qui sent la truite et le chow-chow.

Juliette

Écoutez ! Si c'est absolument indispensable, ça me devient tout à fait égal.

Roméo

Terrific ! Alors je vous parlerai tout bas dans l'onde. Croyez-moi ! Je vous dorloterai comme un phénomène.

Juliette

À la bonne heure ! Moi-même je ne le dirai à personne. Vous pensez bien, je ne voudrais pas voir écrite cette rumeur aux quatre coins du ciel de ma belle communauté artistique de perruches et perroquets.

Roméo

Moi aussi, je suis content de votre connaissance et très tinté de vous. On va maintenant secouer la montagne comme on dit entre des draps à-plat.

Juliette

Non ! C'est un peu fort et un peu faible. Je tombe plutôt à ras des pâquerettes.

Roméo

Demain matin, aplati sur vos genoux après mes coliques, je vous ferai fonctionner en vous embouchant avec des pancakes. Imaginez! J'ai vingt caisses de pilules de Viagra à passer tout en mangeant chaque matin un mélange de céréales de champs.

Juliette

Vraiment ! Vingt ! Vingt, vingt. Vingt ! Vingt, vingt. Vingt ! Vingt, vingt. Vingt ! Vingt, vingt par votre canal ?
Ô seigneur ! Je suis frappée par le destin.

Roméo

Yeah ! Turlutte comme vous dites !

Juliette

Seulement, parce que demain, c'est samedi. Quant aux autres samedis !... Vous verrez bien mon cher, une fois vos vingt caisses passées; ça sera la misère. Je ne suis jamais moi-même après l'effort du réveil.

Roméo

Terrific ! Well, well, c'est numéro un. Regardez la gourde du cocktail est vide. J'ai envie de conserver pour notre couple la ventouze en dessous du verre.

Juliette

Toudieu ! J'arrive à l'hallali. Vous me porterez d'ici peu sur un brancard ? Vraiment mon éducation était incomplète.

Roméo

Ho ! Vous êtes encore étudiante ?

Juliette

C'est le mot, mon ami. Il me restait ça à connaître : toute une nuit comme ça avec vous. Vraiment, il y a un monde entre nous. Je reviens au b. a ba de la culture. Mais comme on dit, à défaut du Pérou et de ses arts, baissons les bras devant le bouc.

Roméo

Hé, hé ! Diable de barman, je veux voir sans lauriers la composition de l'addition ? Tenez ! Agrippez-vous sans garde-fou à ma carte de bisenesse ! Allez ! Pour vous intimider, je vais vous filer ma brochure sur mon lit drimematic ?

Juliette

Ha, ha ! Mais je vous en prie, ne dites plus rien. Ne tentez pas ce pauvre bougre. Ne tirez pas plus loin l'élastique. Je suis prête au sacrifice, mais avec un seul seulement. Un c'est assez. J'ai déjà l'impression d'avoir déjà beaucoup vu et entendu.

Roméo

Ha, bon ! Ha, bon ! Je pensais que c'était le temps. Je suis vite en affaires moi. J'ai les yeux qui vrillent quand je pense à lui et la classe de son dos dans mon lit.

Juliette

Je vous comprends bien, mais je vous assure, j'ai mon stock quoi. Je préférerais rester sur ma première aspiration. Emmenez-moi même par vos travers avant que le courant ne passe plus !

Roméo

Très bien, c'est d'accord. On ne va pas rester suspendu sur place. C'est plutôt mieux maintenant de déraper du derrière. Ô darling ! Venez donc vous épandre en forme de planche dans mon décorum !

Juliette

C'est même plus que ça. C'est le sorbet et le citron. Tout l'oiseau sort. Et je pense que vous allez m'en faire payer le prix fou. Une chance que je ne suis pas toujours là où je suis. Vous ! Vous imaginez que je puisse toujours désirer vivre comme vous ?

"Amelette, Ronsardelette
Mignonnette, doucelette
Très chère hostesse de mon corps
Tu descends là-bas
Faiblette" ([5])

[5] Du poète Pierre de Ronsard

Je connais le Sirroco, Hîen

Prétexte dramatique

J'ai emprunté pour l'écriture de cette scène à la langue, aux soupirs et à l'accent chantant des gens de Provence.

Roméo et Juliette prennent l'apéro; une montgolfière porteuse d'une publicité sur le Viagra se balance entre des nuages roses.

« Un beau brin de fille…Qu'est-ce qui faisait qu'une fille était un beau brin de fille ? (…) Oh ! Je savais bien ce qui attirait les hommes, la poitrine saillante, les jambes croisées, la rondeur d'un mollet ou d'une croupe » ([6])

Plus un proverbe basque : Que sait faire le sot ? Il sait défaire ce qui est bien fait.

---

[6] Les Contes d'Orsanne, de Robert Alexis, Éditions Corti 2012

Juliette

Hé, dis ! Ô le malepestre ! Mon cochonneau ! La minette-là. . . Là là là ! Hé, le cloche-pied ! Tu vas lui reluquer longtemps son boulier de malheur ?

Roméo

Non ! Mais ça n'va pas ? Bonne mère des anges. Peuchère ! C'est une gamine; ses joues sont équartillées de couleurs et la coquette est belle comme une figue qui mûrit au soleil et aux rosées.

Juliette

Misère ! Si, si ! ô misère de cette andouille ! Voilà le vice pur-sang assorti à son crime inflammatoire. Ah ! la gonflette cireuse de mon vieux percheron...

Roméo

Hé, hé, hé ! Je te dis : je regardais ses pommettes en toute inno-cence, par accident. Et j'ai le cœur haut parce que je l'ai vue mettre, dans la prison blanchenonette de son petit sein tiède, une couvée de mésanges bleues. Quelle gentille nichée ! Je me disais. Et alors je pensais, par pure bonté, que la pitchounette ne manque de rien par la grâce et la beauté. Elle me faisait plaisir à voir sans l'ombre d'un péché. De plus, je peux te conter ça ! La fillette est aussi fraîche et ingénue qu'elle donne le frisson autant que la madone de Maillane. Véridique !

Juliette

Hé ! Being, patatin, patatan ! Tu me mens comme un serpent, mon gaillardet. Chatouille-moi pas ! Mon idoine à convection ne dirait mot. Ah ! Vieux matou. Misérable ! Tu étais à l'affût comme un bouc. Je sais qu'avec tes yeux de merlans frits, tu lui zyeutais le compteur, à ce truc de fille. Pour te démarier du fleurion que je suis, tu lui chantais une aubade de Robinson.

Roméo

Moi ! Pécaïre, dis hé ! Ô écervelée ! dis hé ! dis hé ! Non, mais, librement de mon cœur, je m'inquiétais de son état, et, je lui ai demandé si elle allait à l'espère dans les Alpilles bleues avec sa trottinette. Alors je lui ai dit que le soleil rôtissait là-haut dans les pâturages.

Juliette

Oh dis ! Le lansquenet hé, je connais le sirocco, hein ! Si tu me fais le malindrin, va-y mollo, hé ! Tu biglais ses guibolles comme un gredin. Tu te préfigurais gadouiller dans son laurier-tin.

Roméo

Mais non, tarabin, taraban. Vieux hors-d'œuvre ! Je te dis hé que je suis blanc comme un communiant. Je te jure pardi ! Je ne faisais pas le galant comme un galopin. Mais c'est toi, comme une commère, qui me chauffe le bois blanc de ta gueule peu assortie à ta couronne dentaire. Même un saint-bernard ne ferait aucun gazouillis de renifler sous ta jaquette ton lamantin pas vivant.

Juliette

Ô moi malheureuse ! Oh ! déé ! hé ! Tu me prends pour une jarre à la picholine, hein ? Ah, noix de l'intelligentia ! Marin de Marie-Jeannette. Tu avais les narines dans ses accroche-cœurs à cette godiche. Ô vieux trident ! Va ! Contrairement à un policeman sensé, tu entrevoyais ses mollets comme autant d'oriflammes de l'orifice de son petit-four.

Roméo

Hé ! Dis, fais donc ran plan plan, han ! Tu me casses les bonbons. J'en suis exclamatif. Tu me fais boucler ma valise dès cet après-midi au moment de ta sieste que je souhaite la paresseuse qui soit.

Juliette

Mais dé ! Hé ! Dis ! C'est toi le moins que rien. Ha ! Pardi, tu es le guignon, une vraie mouillure. Tu as la cheville fine, mais pour le reste, c'est l'atrophie. Ce n'est pas le paradis, hein !

Roméo

Hé ! Hé ! Ta litanie, je te dis, c'est la bannière du gentlemen-farmer. Si tu crois que je pense à la mimolette à dormir depuis cinquante ans sur une toile d'émeri.

Juliette

Aïe ! Aïe imbécile ! Vaurîen officiel ! En plus du chagrin tu me fais le malin. Je la talocherais ta sangsue.

Roméo

Sainte enfance, quel enfer ! Tu m'astigotes. Tu as l'esprit tourné comme une vieille carpe flétrie. Tu vas faire verser au Créateur des larmes de son exudat plus amères que la mer.

Juliette

Dé ! Hé ! Couillon, cervelle de pigeon. Ô moi la plus miséreuse ! Si tu crois que je me régale avec ta chosette sans rayonnances, alors tu te goures.

Roméo

Mais moi je vais te le dire poliment. Chère cucurbite ! Franchement quand je vois tes nichons, secs comme un petit pain à deux sous, je me demande où est l'esthétique. Et le bonus d'un cosaque ! Pourtant, tu devrais le savoir que ce n'est pas des coquilles vides qui attirent les touristes sur la Croisette.

Juliette

Hé, din, misère d'andouille ! Tu vas me faire mourir de rire. Moi je vois bien, que je si parlais avec ta langue de vipère, je dirais que tu as aussi le renom de cocu et de petites couillettes.

Roméo

Mais moi, hé ! N'empêche, je ne vois personne qui te fait le baratin, hormis le falot de sacristain denté de sa cravate et qui pend sur le cul des putains de Toulon.

Juliette

Hé ! Dé ! Dis, tu crois que je me suis déjà mis le doigt dans le nez pour ta mécanique de petit clerc. Espèce de bandit ! Vieux cactus sec ! Je me marre; tu n'as jamais été très drelindin, hein ! Ton naturel que je plains, ô moi la pauvre ! Je te le dis, c'est une plaisanterie de voir ta pattemouille pendante. Puis ta petite branchette sent l'huile des falots. En plus, il n'y a pas de quoi gonfler les poumons avec ton rude poil. Quant à tes agitations avec ton cha-cha-cha déclassé !...

Roméo

Mais dis, Hé ! Hé ! Pécore, tu me bassines. Tu vas me péter la carafe longtemps ? Hé ! C'est que si je gueule un coup, je vais la bâillonner ta sérénade de canari. C'est moi le plus con à dédommager. Quand tu penses que j'ai essayé de toucher le firmament en me faisant du ressentiment de m'agiter dans un brin d'osier et dans le roc. Tu m'entends, double-croche ? Dis, dis, dis ! Il y en a marre que tu me déballes ta salade de dingue.

Juliette

Ô douleur ! Et toi, tu voulais encore m'en filer de tes oignons crus. Tu sens encore le bourricot pour avoir rêver de grenouiller sur la noisette de cette gonzesse. Est-ce que tu crois, que dans mon cœur, je ne vois pas que tu escornifles ailleurs les œufs de la poule. Vieux félon ! Va ! Tu me fais encore le perfide tombé du ciel.

Roméo

Non ! Mais sans blague... Sus ! Sus ! Vielle mule têtue ! Ah douloureuse fable ! Tu me harangues dans le vide. Parce que moi, mamaï, je compte encore pour du beurre. Je te le dis. Il y a encore une minette, malheur de Diéu, qui en pince pour moi. Et c'en est une gazelle fort charmante qui ne se fend pas la cervelle de jalousie pour rien.

Juliette

Ha ! Oui, comme toutes celles qui sont les morues. Celles qui ont le pare-brise et la culotte qui sentent la saucière des greluches.

Roméo

Grand Dieu de pitié ! Mais avec ton bagout de bique, tu me donnes le cul blanc.

Juliette

Mais dé ! Tu ne me dis pas. . .

Roméo

Alors là, puisque tu remets ta pâte dans le pétrin, moi sur ta tombe que je caresserai.

Juliette

Aïe ! Aïe de ma tête ! Non ! Mais dé ! Hé ! Regarde bien ce que je viens de faire graver sur ton caveau : Lis ! Lis !... Bon ! Alors tu veux que je te dise ? Alors voilà, vieux casse-pot ! J'ai fait marquer: Ô moi bienheureuse, ici gît mon fada ! gnan gnan gnan.

Roméo

Ô l'andouille ! Et alors moi, tu sais ce que je dirai à Saint-Pierre quand j'entrerai au paradis ? Mon bon apôtre ! Que je lui dirai : « J'ai fait bouffetance de toutes les pilules bleues. Ci-joint mon cierge qui a brûlé pendant les offices. Quant à ma douce-amère l'attendez plus pour plus tard ! Les poux du cimetière qui se battè-guent sur elle toute la neuille l'ont toute mangée comme une feuille de chou. Il ne reste que le clou, hé !... la malédiction du Jésus. »

Va te faire foudre ! (7)

Prétexte dramatique

Handicapée, boiteuse et ex-danseuse de flamenco, Juliette reçoit dans son modeste domicile son Roméo, un pseudo prince s'orientalisant jusqu'au bout des ongles sur le mode des contes des Mille et Une Nuits.

Roméo imite à tort et à travers, de réplique en réplique, divers accents. Ses répliques sonnent faux et empruntent ci et là, à travers des hoquets et bruits de digestion, à des imitations de langues créole, yiddish et autres de type oriental.

Pendant toute la scène, Roméo, dont les vêtements sont couverts de sucre et autres restes de bouchées et taches de vin, reste allongé sur un fauteuil à bascule. Juliette lui sert constamment à manger et à boire des mets raffinés et des vins exquis.

Juliette revit et est habitée par l'art de la danse du flamenco.

---

[7] Pièce représentée en atelier au Théâtre Expérimental de Montréal, hiver 2006 avec Daniel Simard, Carole Gaudreau et le musicien Mathieu Léger.

Juliette

Ô mi amor ! Foudrez-moi ! Ô el Cid Campeador ! Mi amor ! Foudrez-moi !

Roméo

Ô fleur de la Visitation ! Ô pulpe sucrée d'ananas ! Je pense sans vergogne a ghoulamara !
Je vis yalli yalli yalongssyong yalari yalla ! Je vis yalli yalli yalongssyong yalari yalla ! ([8])
Ô ma douce qui sent l'anchois jusqu'à la gorge et le chant des loriots en pleine saison de l'ombre des arbres pour la bénédiction nuptiale !
Ô gentiane ! Ô chère assomption, bel atterrage ! Mûries pour les jours de pluie ! Rythme fluide et pénétrant pour les nuits glaciales !
Ô souffle-poil ! Descente divine dans le trou de souris !
Telle la plus belle fleur aimée des dieux qui échappe aux anguilles !
Comme je te peau-de-pêche avec mes palmes et les aromatiques de mes baisers.

Juliette

Ô signor de casa y solar ! Mi pacha ! Fredanguillez-moi ! Pilastrez-moi ! Le lait de mon sein ! Du fruit de la groseille !... De sa radiation fibreuse !

Roméo

Ô guêpe délicieuse de mon Assyrie ! Toujours, quand je porte mon peignoir sentant ail, piment rouge, gingembre et navet trempé dans la saumure de poireau, je te sultane sur ta natte comme gâteau de riz et vermicelles abondants, ramenés à la rame.
Je te poulpe et repoulpe piano le pircipi. Ô cher poussinet oisif et pas asséché !
Ah ! frêle poussinière serrée par les traits et l'emploi de la pluie. Vents et lunecoulent avec tes formes !

Juliette

El hombre ! Désombiliquez-moi ! Grenadez-moi ! Alcazarez-moi ! Kirié-élison moi ! par Kza Han Haho ! par des milliers de sizo !

---

[8] Extrait du poème de Koryo, Le Saule aux dix mille rameaux, anthologie de la poésie coréenne, Éditions Unesco, 2005.

Roméo

Merde ! Ô pauvrette ! Holà Signorina échevelée !

Dès fois, la neige touche le bout des montagnes de la Costa del Norte seulement parce que la montagne saisit la boule de glace au bond et joue au sein de la nature sur ses sabots de Vénus. Tantôt la lune d'hier par ma science musicale va poindre sur des feuilles mortes.

Juliette

Ô mi matamor ! Grand capitan plus beau que fils de Belmondo ! Titubez-moi ! Farandolez-moi ! Pampelunez-moi ! Dites-moi, bel héros corinthien, que votre cœur pur, qui apporte aux instruments de la navigation céleste, n'est jamais superbe au dessus des humbles servantes. Tels les rois Childebert I, Childebert II et l'autre déposé par terre par Pépin le bref, soit le Childebert III qui signa le traité des monts Chics-Chocs.

Roméo

Ô Vierge du cher pilier d'Ancyre ! Mais je t'ai bigue-bang la jonque et trépide puis re retripe chaque matin par mes mains entre doux branchages.

Ah, grande demoiselle ! Épuration d'eau, des rochers, des bambous et de mon grand pin d'Asie Extrême.

Ô patram kurum musa illo sui tigo. Ô art et sagesse de Kosijo munhangnon !

Chaque matin, mon front bombé et orné de roses, fumant de longs sillons de mon sang d'alouette pour jeune hananani, je te cruchille. Je t'algazille comme à l'encre de Chine et long chant de l'Iliade, disséminé par la voix d'Hector.

Juliette

Loukoumez-moi ! El capitano ! Dougane mon huître par tes beaux-arts et ne craint pas les foires des mes colères.

Roméo

Mais zut ! Je te pilare d'affilée par secousses sismiques. Je te peluche la joncière pour l'additionner de ma substance de grand Sioux. Par le poil de ma barbe de juif de quatre-saisons, je t'appoline sur place sans fermer l'œil. Je te katchina le fumet en position de quiconque et désosse tes orteils avec bon goût.

Juliette

Hé mi sultano! Andalousez-moi! Venisez-moi! Eldoradorez-moi! Grillez-moi à vif!

Roméo

Merde ! Je t'emmitouffle saframment. Je te zétarate de la foudre de Jupiter. Je te tétarde la cornue en mode hystérique. Je te sogongue kani. Je te dégorge le brandon. Je te mapuche le cymbalum conformément à la nature. Je te comanchacache ton escarbouche cardiovasculaire. Je te barde à la queue leu leu. je te soufle param param mon ssuroryo hananngoya. Sur cette banquette ci, dans la baratte d'un taxi, sur la dernière marche de ton chalet fripon. Je te guidonne du fleuret en arrêtant le vent à la porte par mon fume-cigare. Je te moite les flancs. Je hache la roche dans ton palais de Jade rosé. Je te burette le succubier. Je te hérissonne l'adamantin. Je te pommelle. Je t'abricote. Je t'embarde. Je te radoule, foie de tourterelle ! Je te bisocque la rôtissoire. Je souffle, je crampillonne. Je pépine avec chaleur en direction de La Plata. Toujours, je gazelle sur ton damoiseau, fleuri de roses sauvages. Je te bouquetine du pinailleur. Qu'en pensent les paons, les jeunes pousses des persils et lotus ? Mon miroir bien poli, par mon sommeil léger, célèbre les quatre coins du ciel par ta grâce et paix données. J'esgragone le fer chaud dans ton aiguillette. Et je te hakikate le cyprier d'innombrables fois. Je te fais tout comme le roi des Ouïghours. Je te buissonne sans intermezzo ton Haganah personnel et vénitien.

Juliette

Ô commandante! Foudrez-moi! Froudrez-moi! Fredanguillez-moi! Mi caro amigo! Désombiliquez-moi! Titubez-moi! Ô hombre! Saboulez-moi! Loukoumez-moi! Ô Venisez-moi! Bourrez-moi la bonbonnière! Cochonillez-moi!

Roméo

Ça alors. Ô chou iiiiiintenable ! Je te saumone toujours le carillon comme le puissant Zohar. Mon royaume du Mato Grosso do Norde u Sul est nulle part hormis que dans le feu et l'Indochine de ta palourde.

Juliette

Ô mi amor ! Mi amor ! Foudrez-moi ! Papillotez-moi du bec ! Ô grand khan ! Juleppez-moi de votre obusier ! Bobinez-moi de votre fusette prisée !

Roméo

Et merde, barbette ! Je te mitonne le tricorne comme un négrito.
Mais chaque nuit, je verse des larmes de sang en noir et blanc devant ton appareil photo.

Juliette

Ô capitan de Cipango ! Bavettez-moi d'amour ! Satinez-moi la merise ! Barbotinez-moi ! Turbotez-moi ! Mi sultano de Cataï ! Minaudez-moi quand tu me capelines. Redressez-moi de huit comme si nous allions en pèlerinage à l'île de Cythère !

Roméo

Dis donc, bijou d'amour ! Je vois dans ta tête de Quechua jusqu'à Saint-Pétersbourg, tous les grelots des fleurs à clochettes.
Alors, en plus, si je regarde la neige, je vois que la neige, dans ta soupière, fait parler tes grands yeux de dondon.

Juliette

Signor ! Câlinez-moi dans l'anse à pompon ! Aissellez-moi dans le carré d'as ! Par diou de diou, orangez-moi ! Fils de Lancester ! Doyen de Harvard qui fut adopté par Tibère ! Rasadez-moi matin, midi et soir comme chez les Vandales !
Maestro ! Radiouse mon deltoïde ! Chamelle-moi du chevrotin ! Biquette-moi du gazouiller ! Fais-moi la procédure black-out du morse !

Roméo

Mais je te brouette et ragondine pendant tout le cirque qui bouillonne pour le cosaque. Toujours, rattrapant la lune, je te dunette et pouline comme le recommande Mahmûd Shabestari. Je te griselle, huche, houri-houra et halo et, puis, je te minois et galantine par la choupille. Alors, toujours, je te gazelle et je t'oursine pour le bourbillon. Zut de tes martyrs canadiens ! Je te vibraphone chaque jour par les oreilles de ma respiration celluliare.
Ô gâteau sucré ! Pic de la tortue et de Kubong !
Rien n'égale ce cœur, mon amour ! Mon amour en ce bas monde !
Puis comme le recommande Cheng Ding Saii Yang Siijé, je te diva. Je t'édredonne, je te centuple et je te recornette. Toujours, je t'écartelote pour le biquet et je te fais le biplan sur ton petit anchois comme un grand Kirghiz.

Juliette

Ô Ogawa ! Tu ne comprends rien.
Caravanseraille-moi ! Charivarie-moi ! Tsigane-moi ! Tartare-moi !

Roméo

Merde ! Merde ! Merde ! Merde ! Où sont les palmiers bénis d'antan de Samïr-Kazan ? Maintenant, je mettrais mes gros orteils au soleil comme les Turcs Baraba et Tara.

Mais, ici, depuis la naissance de Jacques Ier, né en 1566 et qui régna sous le nom de Jacques VI, l'hiver met ses gouttes en glace dans les œufs à la neige. Les oiseaux dans ce bercail maudit ont les oreillons et sont en plein delirium.

Juliette

Miso de miso ! Ô kanserasa ! Parle-moi ! Pâmoissonne-moi ! Retourne-moi !

Délice-moi ! Dégèle-moi sous les pieds ! Débottine-moi ! Pompette-moi ! Démoutonne-moi ! Déblouse-moi ! Démonte le temps ! Mets le nez à la fenêtre ! Mets les arbres à quatre pattes ! Qu'ils s'amadouent dans le lait et la laine qui te couvre.

Sois impatient de bercer une enfant et un cœur qui sont le meilleur de tous les juges.

Roméo

On leur fait trois ou quatre risettes et leur petit cœur bipe bipe. Jamais le silence n'est que le silence dans leur margoulette. Dans mon pays, mon cheval Tchal Kouyrouk et les anges chantent. Alors je leur donne des grains de Chou Han. Toujours à Bambara, j'attrape les colombes et les brebis par le toupet et les poils. En plus, à l'heure du thé, les danseuses qui me récitent le rakat mettent leurs babouches.

Juliette

Merde, ça va ! Va te faire foudre ! Va te faire foudre vieux chisse noix ! Va te faire foudre à Ch'angp'yong. La vie et mon caractère ont leurs limites. ([9])

---

[9] Au 15e siècle, les lettrés coréens écrivaient en mandarin.

La visite pour ici, la visite pour ça

*Cette scène est extraite de ma comédie **Si c'est le beau jour pour réussir !***

La pièce fut présentée, en mai 2001, à l'École nationale du Théâtre du Canada dans le cadre de la semaine dramaturgique organisée par l'Association québécoise des auteurs dramatiques (AQAD).

La pièce est inscrite au répertoire américain des œuvres théâtrales surréalistes, au UBU Repertory Theater Scrip Collection ([10]).

Prétexte dramatique

Deux sœurs âgées, démunies, fusionnelles et fichues par un cocktail de maladies, attendent de la rare visite : un fils, l'une pour l'autre, à qui elles sont certaines d'avoir tout donné.

Le texte intégral de la pièce fera l'objet de ma troisième publication aux Éditions Dédicaces. Voir la notice en fin des dernières pages de ce livre.

---

[10] Ubu Repertory Theater Script Collection, New York ref Box 8, folder 29

En prélude musical, un air de l'opéra *Les Pêcheurs de perles* de
Georges Bizet

Je crois entendre encore
Caché sous le palmier
Sa voix tendre et sonore
Comme un chant de ramiers.
Ô nuit enchanteresse, divin ravissement
Ô souvenir charmant !
Vois l'ivresse ! Doux rêve.
Ô clarté des étoiles.
Je crois entendre la voix
Entrouvrir cette voie
Pour une entière douceur.
Ô nuit enchanteresse !
Divin ravissement
Ô souvenir charmant
Ô l'ivresse ! Doux rêve.
Charmant souvenir ! Charmant souvenir.

Roméo

Renfrogné

Maudite patente dans le sable mouvant ! Une, deux, trois… Une, deux, trois !… Lala la, la lala, lala la, la lala… Ha, ha ! si je me meurs. Ô si je me meurs pour le moment. Drette-là, at five o'clock ! Une, deux, trois… Une, deux, trois !… J'ai donc hâte à ma visite pour ci ! À ma visite pour ça ! À ma visite qui rentre en action. Mozeus, je l'ai pas volé. Une, deux, trois… Une, deux, trois !… Bon, bon ! Je ne lève pas; j'invente rien. Quelque malheur m'arrive comme à vieux codingue. C'est probablement une autre érythrose. Certain, certain ! J'ai la margoulette encore plus tendue. Rackachat, qu'est-ce que ça me fâche ! Oui, c'est l'a. b. c. ça maluron. Je sais comment un malade est faite. J'ai donc hâte à ma visite fine fine de tantôt qui ne viendra pas lambiner. À ma visite que je ne peux pas critiquer. À ma visite que je ne vais pas écœurer. Oui, je crois. Je crois. Je crois. Je crois. Elle ! Elle ! Elle ! Elle ! Ce soufflet va me gâter. Je vous sacre-là qu'elle va me gâter. Ici, c'est moi qui crois. Non seulement je crois, mais je suis chatouilleux. J'ai donc hâte à ma visite smatte. Oui, elle ou une autre !…

Il s'évanouit.

Un temps

Entrée de Juliette. Elle porte un gros sac de victuailles, le dépose loin de Roméo et elle fait pour Roméo une courte démonstration de patinage artistique. Roméo se ranime petit à petit.

Juliette

Ben, vous ! crever pi dégeler de même de vos problèmes, c'est votre sport d'un jour de l'an à un autre pareil, pareil ? Je retiens mon fou rire par pareillance. C'est bien moi ça.

Roméo défaille.

Hé, ben voyons, sicrisse ! Vous ravigotez-vous *!* Ben vous, ah non, retrémoussez-vous le raisin. En plus, je pourrais vous reprocher d'être dépeignéE. Vous êtes épeurant au cube. Et là, calleboire, vous ne revenez pas devant qui ?

Roméo s'éveille; Juliette colle sa poitrine contre son visage.

Ah, super ! Shake hands ! … Ce tantôt vous verrez que mes deux loulous font ça. Tenez, une comparaison d'adulte. Vous en avez jamais vu des comme ça à la bonne température ? Bon, ha la bonne heure ! Vous savez que vous êtes dans mes prières qui s'allongent comme des éponges.

Roméo

Ha, c'est de la propagande ? La pluie, la célèbre pluie du même nom. . .

Juliette

Vous serez moins tannant. Pis, Pis…Ho tenez, je me demande…
Roméo s'évanouit.

Juliette

Ha, ha, ha ! Ha, ha, ha !… Ah ben, yeille ! Ah ben ! Ah ben ! Ah bon ! Mais si vous êtes verni. On a pas fini de se faire des bleus dans votre organisation.
En faisant des exercices physiques.
Ca va vous faire passer vos gaz. Je vais vous faire ma démonstration. C'est pas compliqué. Vous faites pareil comme moi. Ce qui doit arriver va vous arriver comme un roatsbeef déjà cuit. C'est ce qu'il faut; ou ben, pour engraisser un peu ou ben ça sera pour maigrir sous tension. Un, deux, trois, quatre !… Un, deux, trois, quatre !… Un, deux, trois, quatre !

Roméo

Exténué
Un, deux, trois, quatre !… Un, deux, trois, quatre !…
Il s'évanouit.

Juliette

Bref, si c'est mourant. Si c'est mourant ! Bon, reprenons à partir du début bien sympathique !
Un, deux, trois, quatre !… Ha, ha, ha ! Ha, ha, ha !…
Elle examine les lieux.
J'appréhende que sans moi vous vous emmerdez. Au moins, vous vous emmerdez comme une blette ! C'est correct mais c'est moche. C'est-y plate votre charrette, vos problèmes avec ce que je sais ces temps-ci.
Elle regarde attentivement le visage de Roméo
Oui, qu'est-ce que c'est que ça ? By the book, vous êtes sur le tapis. Ne l'oubliez jamais. Vous connaissez un ti brin mon opinion toute faite sur cette question ?

Efforts vains pour se lever.

Un, deux, trois, quatre !… Un, deux, trois, quatre !… Mes pilules, mes pilules roses, mes p'tites jaunes ! Ma limonade avec ! Ma limonade avec une grande serviette très blanche. Mon sirop, celui-là qui sent l'escalope; le fleuron qui fait des étincelles.

Il s'écrase dans sa chaise.

Juliette

Elle tombe sur la table qui se renverse. Le sirop renversé, elle constate le dégât. Attendrie et culpabilisée.

Ô une larme pour vous ! Ô une petite larme pour vous ! Une dernière larme pour vous !

Elle patine et lui exprime sa tristesse de ne pouvoir lui venir en aide. Soudain, un flash la saisit. Elle reprend son sac de victuailles et sort des aliments.

Un temps

Au fur et à fur du déballage des victuailles du sac, Roméo se réanime et s'excite de plus en plus.

Saudite, on se calme le pompom. C'est-y assez fort le système de nos jours pour ce monde qui sont assez comique pour vivre comme des quêteux. Je vous apporte de la morue en croûte, des pois au lard, des carottes glacées, de la truite fumée, de la salade verte, des endives, du poireau, trois rôtis, du pot au feu, un cuissot de chevreuil, deux tourtières, quatre fromages gras, deux bleus, trois livres de crêpes au sirop d'érable, du vin blanc et rosé et des petits saucissons de gendarme.

Roméo

Ô nom de gros d trois petits points! Vous, vous ne faites pas maigre comme un Indou? Le marché Jean-Talon vous appartient? Ha, vous êtes vautrée dedans comme anguille prise dans un collet ? Vous prenez votre collation avec des merles rares qui ont vu la misère avant aujourd'hui ? Bon, j'en retrouve le dos de ma clarinette. C'est à maudire la vraie vie que je n'ai jamais vu à genoux vos melons et autres fruits barbus d'une extrême beauté.

Juliette

Hé mais ! Vous vous égosillez pour la pour la coquine de peccadille. Mais ici, je le savais, qui est-ce qui est patraque en masse ? Et patraque de quoi prématurément ?

Roméo

Je ne donnerai aucune explication. Il y en a de trop.

Juliette

Bon, c'est dit comme ceci, monsieur ? Vous ! Oui, vous ! C'est vous cet escarabi qui vous débarbouillez à faire le ménage ? Oui, c'est ça. Ce ménage. C'est vous ça ?

Roméo

Oui, non ! Oui, non ! Enfin, c'est plutôt non comme ceci. C'est ça. Je ne parlerais pas comme vous.

Juliette

Mais, mais il m'excite, m'excite ce caquelon. Bon, vous à la place, contez-moi vos bobos. C'est quoi vos graffignes ?

Elle refait sa gymnastique.

Un, deux, trois, quatre ! … Un, deux, trois, quatre !

Roméo défaille.

Ha, si c'est mourant !… Allez ! allez ! une grosse pépeine ne ment pas. C'est un peu prétentieux, mais c'est ce qu'il faut. Faites-vous des foutus rots d'échalote ?

Un, deux, trois, quatre !… Un, deux, trois, quatre ! Ha, si c'est mourant !…

Pissez-vous debout de toutes vos forces? Vous serrez-vous les ouïes quand vous faites boutique avec vos foufounes? Are there?… So, so, so !

Il vous est arrivé une affaire crottée ? Vous n'aimez pas votre bouillotte ? Vous vous êtes fait pleumer le nez ? Votre menton sent encore le mercurochrome ? Hier, vous vous êtes fait crosser du tac au tac comme on dit.

Vous ne vous êtes pas fait communier pendant un moment tranquille ?

Roméo pleurniche.

Roméo

Une, deux, trois… Une, deux, trois !…

Lala la, la lala, lala la, la lala… Ha ! ha ! si je me meurs…

Juliette

Patinant et faisant de l'aérobie.

Hein ! qu'est-ce que vous charriez-là ? Vous avez des grosses peines de petit garçon ? Ha si c'est dingue ! Si, si, c'est dingue.

Un, deux, trois, quatre !… Un, deux, trois, quatre !…

Bon, ça va comme ça. Si, si, si, si ! Vous êtes triste. Amen ! C'est votre karma.

Zut ! Est-ce qu'il y a un drame ? Pardon ! C'est un lapsus. Le Québec est riche mordicus.

70

Oui ? Oui ! c'est oui. Ou c'est non ? Vous ! C'est non en vous croisant les jambes. Non, non ? C'est non comme si vous aviez le dessus sur moi ? Non, non ? C'est un non de réflexe de …

Un, deux, trois, quatre !… Un, deux, trois, quatre !…

Voilà, votre malheur est une commère dans votre vie. Comprenons-nous bien ! Il vous faut une position de Titus. Un, deux, trois, quatre !… Un, deux, trois, quatre !…

Ha, vous boudez à la bonne franquette. Vous boudez il y a belle heurette, et, vous en avez assez fait des exercices physiques. Ça ne peut absolument pas durer. Non mais, vous êtes du bois mort ! Vous n'êtes pas du côté du manche. Quel genre de foi est-ce cela pour votre ossuaire ? C'est quoi votre type de béesse ? ([11])

Comprenons-nous bien ! Un, deux, trois, quatre !… Un, deux, trois, quatre !…

Ce monsieur a creusé sa tombe dans le ciel? Ben, imaginez de quoi? Ça vous le dit de ressusciter ?

Roméo

So what !

Juliette

Merde ! C'est votre dernière chance de vous prendre en mains.

Roméo

Chiche, ça me fait sourire jusqu'aux oreilles.

On dirait une vallée de neige, du poil de barbe blanc, et la célèbre neige du peintre du même nom. . .

Juliette déverse sur Roméo son sac de victuailles.

Roméo

Par Saint Bavon, c'est pas vrai pantoute. J'ai plus de cinquante ans de vie, paquetés ben dure. J'ai plus de cinquante ans… de notre époque. De n'importe quelle époque !… Pourquoi votre comédie ? Les faits sont là. Dans votre lit, ma chérie, je serai bien égal et tendre comme un kleenex.

Juliette

Attention ! Ô quel in extremis ! Quel beau pimpant ! Quelle jolie pomme de Minon-minette ! Ô virginale chevrette ! Ô joli cerf biblique ! Je vous attendais depuis longtemps, depuis mon enfance ou ce genre d'esprit. Ha, ha ! ce qu'il me reste à vous conter. C'est fort en ouistiti tout ça. J'en pleure de joie environ comme une femme.

---

[11] Programme de dernier recours du Gouvernement du Québec pour assistance aux personnes démunies.

Et clic-clac, je suis partant de quoi que ce soit. Ô belle minette !
Vous m'avez testé. Mon choix de mari est fait. C'est vous, ma
Blanchefleur ou point.

Juliette

Ha ! Est-ce qu'on s'est déjà vu ? Est-ce qu'on s'est déjà fait un
french-kiss à la petite école ? Allez, zou, je ne vous retiens pas.
Autant à l'eau être marteau. Moi j'en suis estourbie.

Elle fait une chute.

Merde, merde, merde ! Ha ce chichi, ce chichi. C'est tout ce qui
existe. Ô timbeurre, je suis tombée sur mon putois. Sur le cul !...

Roméo

Aux as ! Deo gratias ! C'est inoubliable. Mais je serai bref. Ha,
vous êtes douce comme tantôt un soleil et tantôt comme si je
prenais votre pouls sur vos genoux. Caramba, j'en sue comme chou
gras.

Juliette

Hou-là ! Vous ! comment faites-vous pour déconner comme ça.
Sans même une raison, une ligne du catéchisme !

Roméo

Mais la chasteté n'est exquise confiture que dans un seul fâcheux
hospice obscur de Tartarie. Pour des zèbres spéciaux. Mais moi,
par extension, mon truc dépasserait des draps.

Juliette

Voilà, on ne se refuse rien.
Un, deux, trois, quatre !... Un, deux, trois !... Êtes-vous puceau,
mon garçon ? Vous me paraissez ce genre d'un seize ans qui
plonge. Votre première fois sera fichue et pénible.

Roméo

Et après ?

Juliette

Après ! Je croque de l'ail. C'est dégueulasse. Vous vous rendez
compte ?

Roméo

Le plus beau, c'est que je ne pense pas du tout à ça. M'écœurez pas
pantoute avec la société que je n'aime pas au max. On est pas à
l'école. Personnellement, vous pouvez me brasser entre deux
oreillers ? Hé bien, ce n'est pas beau ça ?

*Il se lève de sa chaise avec aisance, ramasse la bouteille qui est au
sol et il la vide en en prenant une gorgée.*

Tenez ! Une grosse larme ! Non, deux larmes sans stop, s'il vous plaît ! Hourra ! Hourra ! l'amour a soif.

Hourra ! Hourra ! L'amour a soif.

Juliette

En semblant sortir de scène.

Oh oh oh, j'ai pas la berlue. Ce qu'il fait mal à voir. Adieu société ! Vous me faites répéter cette bisbille : adieu société.

Elle refait une chute.

Roméo

Ha dis donc ! En v'là des sottes façons pour vous.

Voilà, pouf paf, vous êtes sur votre beau chou-fleur. Aïe, aïe, aïe…

Juliette

En semblant sortir de scène.

Je n'ai pas d'autre palliatif. Adieu société !

Coléreuse que Roméo ne l'aide pas à se relever.

Avec vous, plutôt efficace la vie.

Roméo

Il parle la bouche pleine.

Ô ma délicieuse. Vous êtes une belle asperge, une pucelle et une artiste, vous dis-je. On ne rit plus. Ensemble, si on y allait sans façon pour une tirette pendant ce mois de novembre de merde. Il faut qu'il y ait une justice pour les spécialistes.

Juliette

Ha vous ! Ha vous !

Roméo

Si mon ma mamour. Oké ? Mais vous, vous dites vous à part. Vous me dites vous carrément bien. Ça fait que ça y est, vous êtes mon béguin. Oui, oui mon grand mamaour, c'est comme c'est. Je vous ai repéroirée. Ô aïe, aïe, j'aime une mamzelle, et putain, hon putain, pardon ! Vous êtes une vraie femme et tout de cette bonne farine-là. Ô si je transpire comme une truite de cinq livres. Dieu merci, Dieu seul sait ce que c'est. D'accord ?

Vous êtes mon mamour. Mon mamour. Mon mamour. Saperlipopette, je n'ai aucun doute sur les superlatifs. Faut vous y faire, vous êtes mon tralala.

Juliette

Ha vous, avec vos phrases cuculs. À s't-heure, vous êtes bocké comme les autres tatas.

Roméo

Ha beau mamour, je vous aime à cent pour cent. Mais vous, maudite, vérifiez ! Vérifiez ! Merde, vérifiez. That is the question.
Vous pouvez être toujours positive comme quand on remet un fond
de couche de peinture au mois de mai ? C'est super s'il n'y a pas
que du sexe entre nous. Il y a tellement un paquet de patentes qui
sont bâtards.

Juliette

C'est correct-là.

Roméo

Et votre boulot naturellement, votre boulot, votre boulot ! Ha quel
mot ! Brrr, il vous relève le moral. Ciarge, il vous donne du pousse-
pousse même dans la bouche. Non, dans la douche ? je veux dire.
Ha mon lapin, vous êtes ma chance en ville. Mon poussin, je veux
dire.

Juliette

Toutes les femmes au commencement sont des poussins.

Roméo

Hé mince, vous êtes la joie d'un tsar. Une plaie de moins pour la
patrie. Que demande le peuple ? Sûrement des pinottes ! Ouen,
c'est ça, sûrement pas la torture pour des pinottes. Au fait, est-ce
que vous embrassez bien avec la langue ?

Juliette

C'est toujours ça, hein ?

Roméo

Ha grand mamour ! Je crois à cette superstition. Les poussins tendres ne sont pas une maladie sur ce continent. Turlututu, vous c'est
bien vous ce coucou ?

Juliette

Je vous jure… Il y a des… des, des, des… des choux, mettons. Des,
des, des, des pitous comme vous, disons. Des pioupious comme
vous. Ca ne peut pas être plus clair. Et une autre affaire qui me
bousille. J'ai déjà vu ça.

Roméo

Tst, tst ! Qu'est-ce que ça peut me foutre si des gusses qui se portent bien vous ont déjà offert des spaghettis et la paix. Leurs gants
de velours vous ont déjà pris en sandwich ? Ils vous ont parlé à
gogo, et secundo, comme des proprios. Hé bout de ficelle, ces
sacripants ! Au dodo, ces maboules vous ont juste fait plic et ploc.
Ils vous ont crevé. Moi-même je ne le supporterais pas. Je ne vois

pas de mots pour rajouter autre chose contre ça. Depuis le début, ce sont des boucs jusqu'aux rognons.

Et leur psychologie pour se démarder et tout ça, hé que c'est tannant ça. Du balai les nez courts ! Du balai la middle-class ! Et deux secondes-là ! Dans ce climat-citte, c'est des nerveux. Ils sont ronds en affaires. Du grand Napoléon ! Ô belle manezelle ! Les gusses sont des amanchures et ils m'irritent, m'irritent, nom de bon'yeu. Tenez ! Est-ce que vous croyez m'avoir bien compris ? Regardez-moi ! Au sujet de votre dernier ex !...Celui-ci, c'est un con. C'est un con. C'est un con. C'est un con. C'est un con, n'est-ce pas ? Un con dont vous pouvez parler ! Un con qui se plaint point de ça ! Ah, ah, comme j'ai raison.

Juliette

Pardon !

Roméo

Décantez donc, mon mamour! Passez-moi votre pâté! Que je vous finissez votre pâté! Un amour ce pâté! Un rêve votre pâté. Ça vous plaît que je tombe dans votre pâté et vos bonbons ? Ah ha ha! La nature pour vous est un melon qui m'émoustille. Ô quels beaux melons! Pour vous le bon Dieu existe.

Juliette

Vous n'avez pas de milieu, vous ?

Roméo

Vous me dites ça qu'à moi ?

Juliette

Ben !...

Roméo

Pardon ! Vous m'avez parlé au milieu de ma phrase. Merde, ô merde, vous êtes un cas vous.

Juliette

Mozusse, bibi voit le zigue. Si j'ai compris, c'est pour ? Tantôt ? Tout de suite ?

Roméo

Ô mon doux mamaour! Allons faire bedingne-bedagne, là dans cette chambrette. Ô que mon cœur fait toc toc toc. Ha ma mignonne! Je ferme tout de suite ma gueule tant je me tue à vous faire la cour. Ô je suis à un cheveu d'avoir des fantasmes sans intelligence. Vous savez, ma crotte, tout le monde fait ça, dormir sur les coudes, dormir après l'amour. Avoir le cul tout à fait à l'air, c'est possible. C'est possible. C'est du cul, turelure.

Juliette

Elle a soudain une envie insoutenable d'aller aux toilettes.

Basta, basta ! Où sont les chiottes ? Où sont vos chiottes ? Chez Boniface ? À diable vauvert ? Derrière quel cossin ici-dedans ?

Roméo

Vexé

Ben kien ! Vous venez de me faire faire des boutons assez vite, je crois. Qu'est-ce qu'il vous faut de plus ?

Juliette

Mais y'ou sont vos bécosses de guidounes ?

Roméo

Hein, vous ! Ben voyons, vous ! Vous, chez-vous, où sont vos chiottes ?

Juliette

Hé, ho !

Roméo

Ohé, du bateau ! Votre chat sort du sac ? Vos folies de toutoune, il y a des maisons pour ça. Il y a des untels zazous en chaleur pour ça.

Juliette

Mais faites affable, vous !

Roméo

Ça vient me chanter la pomme comme si mon cochon la mangeait.

Juliette

C'est vous le taon qui va vers une chose. Vous allez vers tant de choses.

Roméo

Vous, me voici. Me voici, Jésus ! Vous, vous êtes une pinuche.

Juliette

Mille chouettes, une pinuche ?

Roméo

Castor, vous êtes une fourreuse professionnelle. Vous me sur-passez.

Juliette

Ça arrive qu'à moi. Me faire tasser les cannes comme une chipie.

Roméo

Et vous me l'annoncez comme une fille de snak-bar.
Sang du Christ ! Vous pour ça, oui ! Vous utilisez mal votre palet-te. Vous êtes grognon comme huit oursons.
Juliette pleure, ramasse ses victuailles et se réfugie dans la toilette.
Un temps.

Roméo

Il lui parle à travers la porte.

Pas d'offense ! Pas d'offense, ma catin. Du fond du cœur, arrêtez cette coutume de votre merde ! Rabrouez votre fou ! Pourquoi vous avez griché ? Il n'y avait pas de quoi à vous faire pousser de la barbe à tout événement.

Bon, bon ! Ceci dit, qu'est-ce que j'ai besoin d'extérioriser maintenant ?

Ha, au fait, écoutez-moi ça ! Personnellement, je déteste subir un reproche quel qu'il soit. Pour faire une histoire courte, je ne veux même pas en entendre parler.

Bon allez ! Reculez sur vos ergots ! C'est si bon pendant une brassée de linge. Dès fois, vous rêvez bien de l'honneur dû à une pénitente ? Repensez à votre célébrité d'avoir été baptisée catholique. Vous allez bien mourir catholique, non ? D'accord sur ce principe ? Soit !

Juliette

Elle sort de la toilette, radieuse avec un plateau de nourriture débordant.

C'est bâdrant pareil. J'ai des excuses. Petite souris banale à pleurer, je me suis construit une superbe personnalité. En dehors de l'humidité des draps !... C'est-y croyable ? Je m'ennuyais tellement autant que telle ou telle beauté saisonnière de la région du Saguenay. C'est-y croyable ?

Roméo

Et voilà que je vous ai parlé comme si vous étiez une indigène.

Juliette

Indignée, pleurnichant

C'est super bœuf. C'est une saloperie.

Et si les choses sont ce qu'elles sont !...Depuis que je calcule faire le plus beau...

Roméo

Ma ma divette, mon beau chou-chantilly, bref, si vous débrouillez avec un ex-blond, vous n'aurez aucun motif de vous suicider à la mitaine. Vous êtes un être si sensible ou simplement célibataire. Zou, c'est simple. Si c'est swimpel. Un autre conseil. Oui, oui, blâmez le système ! Qu'est-ce que ça fait si ça vous fait mal aux gosses ? Ha, où ai-je la tête ? Je vous connais. Que c'est bête ! Je vous connais. Je vous connais. Vous avez faim. Et c'est ce qui s'appelle avoir faim sans serviette. Et de croustillant, avec ça ! Mon mamour, vous êtes mon bonheur jusqu'aux oreilles. Vous me balancez en paradis comme pâquerette fait une jolie huppe sur la pelouse. Oui, ici, je rajoute ce nota béné.

Juliette

Une vraie passion ?

Roméo

Ô soupir le plus cher ! Ô je peux vous bécoter au plus pressé ? J'ai cette marotte à cause que votre jupette… Que vous êtes un beau moulin !

Juliette

Ho, ho !

Roméo

Quoi ho, mon kiki ? Il n'y a ni avant ni après de se baiser en un moment pareil. Ha, ha, si c'est un beau jour. Si c'est un beau jour pour réaliser son horoscope.

Juliette

Wow !

Roméo

Mais un instant. Je suis pour de bon votre turlupin, poivre et sel. Vos beaux lolos, celui-ci, ce loup-rouge, et l'autre, ce petit garou, font trois tonnes de belle harmonie. Brrr, vos soucoupes, ces mignonnes chartreuses, sont des faiseurs d'univers. De si plaisants lolos, mon cœur, sont des piliers de bordel.

Juliette

J'imagine.

Roméo

Avec moi, vous imaginez ça jusqu'au ciel ?

Juliette

Rêveuse et sur le point de l'embrasser.
Écoutez, je…Je…

Roméo

Tâchez d'arriver, tourlou. Bref, si je comprends, vous dis-je. J'ai pas inventé votre petit chat, chat, chat qui ferait bien ça, ça, ça.

Juliette

Elle tombe dans ses bras.
Ha ha ha, mon fil à plomb… Mon fil à plomb…

Roméo

C'est pas nécessaire de le brailler.

Juliette

Elle tombe dans ses bras.

Flûte, je tombe à l'endroit même où je croise les bras.

Roméo

Ma douceur ! Vous savez dans quel monde pondu que nous vivons ? Vous êtes mon mamour.

Juliette

Je… Je… Bon, j'ai la cerise pour…

Elle lui présente des cerises et l'embrasse.

♪♫

Le même air, l'extrait de l'opéra *Les Pêcheurs de perles* de Georges Bizet

Je crois entendre encore
Caché sous le palmier
Sa voix tendre et sonore
Comme un chant de ramiers.
Ô nuit enchanteresse, divin ravissement
Ô souvenir charmant !
Vois l'ivresse ! Doux rêve.
Ô clarté des étoiles.
Je crois entendre la voix
Entrouvrir cette voie
Pour une entière douceur.
Ô nuit enchanteresse !
Divin ravissement
Ô souvenir charmant
Ô l'ivresse ! Doux rêve.
Charmant souvenir ! Charmant souvenir.

On pense pareil, en aligné

À mon ami d'enfance et
compositeur Michel Longtin

Prétexte dramatique

Roméo et Juliette incarnent deux handicapés de plus de soixante ans. C'est un couple amant ayant l'un et l'autre divers ennuis de santé. Juliette a les jambes emprisonnées entre des orthèses; elle se déplace avec une marchette ([12]).
Roméo, les avant-bras coupés, a le visage balafré.

Ils prennent plaisir d'emprunter la langue de la poésie, des fables, contes, maximes, nouvelles d'auteurs français du 17e siècle mais ils reviennent par naturel au sel et aux richesses d'une langue fourchue, inventée et de déraison folle.

Ils attendent le traversier dans le hall d'une gare fluviale dans lequel il y a un service de restauration rapide. C'est l'hiver, la soirée est fort avancée, venteuse et glaciale. Ce sont les seuls clients. Unique employée accomplissant mille gestes inutiles de nettoyage et de rangement, une adolescente fait office de serveuse et de cuisinière. Épuisée, elle sombre dans le sommeil mais elle a des sursauts pour suivre la diffusion d'un match de hockey transmis à la télé. Fébrile, elle relaie sans cesse des images et des textos par ses nombreux téléphones. Elle n'a aucun souci pour ses deux clients.

Le symbole ♪♫ représente un temps et des coups de sifflets de mise au jeu.

---

[12] Au Québec, l'on utilise le mot *marchette* alors que ce type d'appareil est nommé en France *déambulateur*.

Roméo
Il essaie sans succès de retirer les bottes de Juliette.
Y' a que y'a. . . y'a que y'a. . .
Goo goo nos cow-boys ! Na na na, na na na, goo goo habs. Goo goo nos croquets roupioneux ! Na na na, na na na, goo goo habs. Ah les sicotis, sicotos ! Goo goo les cornes ! ([13])

Ah, madame ! De ce temple charmant de vos pieds agrémenté des vos dix angeots façonnés pour qui a cent yeux pour espérer les entoutouiller entre vos agréables cartilages et tendons, j'y verrais s'y soutenir deux ânes épris l'un de l'autre par les plaisirs du cœur et par les enseignements de l'école cyrénaïque du don des vers.

Juliette
Oh, monseigneur ! Est-ce là montrer d'une belle expression comment me débotter et me dématérialiser sur mesure de mes enmêlures et forceps de métal ? Ô agréments de vos utopiques troussepieds ! Allez, allez, comme Gustave IV ou V ! Mettez en vedette contre votre sympathique abdominal mes dix arborisations terminales ! Mon doux ! Allotisez les au chaud contre vos oreilles poilues ! Allez, cœur nerveux ! Éreintez-vous sans anicroche ! Augurez de la fin par laquelle vous humerez les relents de mes fleurs odorantes et entêtées. À leurs miasmes de moufette, vous me réconforterez de votre voix éraillée de vos frais et subtils ha et ho.
Ô cher renard rusé autant que les parties d'un œuf ! Imaginez cher cacou comment vous tournerez de l'œil au centre des trous se décollant de vos rétines ! Imaginez les réflexes de vos appareils de perception suivant par la suite les étirements de votre nez d'égyptologue entre mes mi-cuisses.

Roméo
Aspirant à gober, Ysandrin, ce noble parti, a tondu l'œuf de la poule aux œufs d'or.

---

[13] Sur l'air entonné lors des matchs disputés à Montréal, par les partisans du club de hockey Les Canadiens.

Juliette

Ah, cher larron picoté comme rebord d'un toit. Ô amant étourdi ! Il me tarde que vous mettiez fin entre vos lèvres onduleuses, assorties à votre grand bec - du reste assez mignon - au croisement et à la multiplication des mouches à miel qui se font devoir, en folie et en durée de sauter du bonnet entre mes doigts de pieds gelés. Débottez-moi d'attaque ! Par ondes sismiques ! Pharmaceutiques !

Roméo et Juliette

Goo goo nos cow-boys ! Na na na, na na na, goo goo habs. Goo goo nos croquets roupioneux ! Na na na, na na na, goo goo habs. Ah les sicotis, sicotos ! Goo goo les cornes !

Juliette

Messire, mon Roméo ! Mon Roméo nonagénaire, centième ou cent et unième. Mon bon fiolé de Roméo, né des cieux candides et juchés haut. Je vous vois apressé et vous appliquant avec affection et larmes-de-job à tenter d'extirper par vos deux moignons mes dix excroissances entre lesquelles figure, caché dedans, un auteur accroc désireux de toucher au firmament de leur ombrage frais.

Roméo

Oh chère philosophe si circonspecte ! Ah, cher dessein tout frais de mon harpailleur fait pour vous reformer à coups de taille d'éléphant. Entendez que je réchauffe vos dix coquetons rosés jusqu'au-delà de notre futur mémême commun et mélancolieux tombeau.

Juliette

De bois blanc et tendre ? Tordue de votre salive ? Conforme à l'amalgation des gros graviers de vos moignons ?

Roméo

Ma belle âme ! Que mes œuvres de charité et leur emballage imparfait de vous espérer nue sur la paille vous dispose à épouser votre égal ! Que votre orangette sue de sels d'or pour la frisure de mon parfileur ! Sans jaqiller, sans parler pour trop parler ! Sans chialer avant l'apparition dans nos nouveaux chiars.

Ô tendre touffeau de votre bien-aimé buissonnet ! C'est vous ma gamme qui va de nymphe à bergère sans parfumerie ! De l'amorce de l'aurore jusqu'à votre intrade conçue pour flairer ma baguette de roseau et empoigner par cela mon pillard oppugnant. Pari simple pour mes moignons qui vous donnent à rêvasser ! Aussi faut-il qu'à vous débotter et redébotter je fasse par mon âme tours et détours autour de la beauté de votre visage et du bain-Marie de vos traits entre deux âges. Sinon, milliards de limaces, je retiendrais votre sentence dans le cercle de mes peines. Or, sachez mon âme plaisante ! M'agripper, me grupper, me guédéguiller sur les dorsales de vos bottes et de tenter avec art naïf de vous les désembreter m'est aussi plaisant que d'espérer entendre un bruit de chaises en bois quand les icelles chaises se rapprochant se rapprochent pour vrai à belles dents.

Juliette

Ah mon beau qui se fait peintre essoufflé des droits d'hymen ! Je vois que vous désirer m'épâmir aussitôt débottée telle une couleuvre s'enroulant à mon col. Derechef, mon Roméo follet cent-unième ou cent-deuxième !

Je vous prie en cette hostellerie de laisser du vôtre et de couper votre fantaisie de boire sur-le-champ au godet glandulaire et à la mignonne giroflée qui se la coulerait douce au-dessus de mes entre-cuisses.

Roméo

Vous déparlez pour déparler. Déjà l'exsudation de vos joues et votre nez qui vivent à l'environ de votre bouche et vos autres apprêts, anciens comme du castorium, sont dessoutes des fruits hors de mon imagination.

Juliette

Mais pas pour l'heure, doux Jésus pétri de la croix et des baisers de mes sœurs vierges. Sotte suis-je et tout fin sueuse ? Miséricordieux, grand-mère ! Je sens bien que vous vous retalentez de renifler royalement mon devantail sauvagin. Or tenter et retalanter l'affaire de votre gringant rongemaille, c'est vouloir me mettre nue, les seins bayant aux corneilles en un arc difficultueux, et, exposer mes plus intimes défauts qui feraient craindre à cette belle enfant, la plus rêveuse de nous deux, d'entrevoir devant votre brocheron me brûlant le malheur de perdre son innocence.

Roméo

Mais ce n'est pas vrai, chère dame. Ô gazelle qui jaquille et riclave comme Sainte-Anne ! Sacripant de déparlotte pour déparlotter en vieillotte ! De votre bagou au mien, je vous invite, sans vous alentir sur la vue de mes moignons qui sentent le chevreau et l'ilang-ilang, à détruire ensemble, le mythe des mythes.

Ne sommes-nous pas, n'est-ce pas ? Nullement, vous dis-je, n'est-ce pas ? Aucunement à jaspiller pour jaspiller, n'est-ce pas ? À ce que je sache, à votre encontre, en l'endroit convenu et agréable, nous ne sommes pas des fions de l'autre génération déjà knock-out.

Goo goo nos cow-boys ! Na na na, na na na, goo goo habs. Goo goo nos croquets roupioneux ! Na na na, na na na, goo goo habs. Ah les sicotis, sicotos ! Goo goo les cornes !

♪♫

Juliette

Mais, cordon innocent ! Mon innocent de pouilleux ! Grand nom d'in suivi de deux voyelles ! Dites-moi, pauvre démonet, tout en me parlant d'autre chose ! De quel alphabet indérompable est formé votre dépareil et effervescent discours amoureux ? N'est-ce pas passer trop vite par-dessus la solution aqueuse et graisseuse d'avoir pain et soupe servis par cette diaphane jeune âme, ci-présente ?

Roméo

Mais pas pour l'heure, mon mamamour ! C'est que de tenter de vous débotter au galop et d'espérer vous désentouiller incontinent, sans aucune empreinte digitale, de votre couche hypodermique.

Juliette

Mais dites-moi d'une voix éraillée à cause de vos macules et verrues radiodermitiques ! Imaginez-vous que l'une, la tuante tombant de haut, doive se hasarder, au sus de tant d'ignorance de l'autre, à faire festin des poils noirs de tubercule de patate que vous avez en profondeur entre chacune de vos narines. Hein, cher narrateur dépareil et pas encore repapillotté jusqu'aux oreilles ! Ce serait chose sans venvole que cette jeune âme me voit ici, nue, en état de toupie, à la dandinette, sur votre tirette musclée, salée et de peau d'âne.

Roméo

Tablanoune de matchiche ! Y, y, y. . . . Y' a que y'a. . . y'a que y'a. . .

La petite twitte et se rewrite pendant une turlutte. Dans l'impossibilité de s'allonger. C'est crève-cœur.

Ah, mon âme émue ! Comment me reprochez-vous de tenter de vous débotter que par boc-à-brac ? Et par judieu, de brac-à-bic !

Juliette

Mon bon gentilhomme ! Mon amant terrifique embesogné sur les harnais de mes bottes. En ce havre souriant où l'on entrevoit dans la pénombre une honnête jeune femme qui a besoin de tout l'esprit du monde, je dois demeurer aux aguets de votre nature peu disciplinée voire de vos réflexions diverses du trou au brou qui prend peine du beau sexe. Ah ! Je serais si heureuse si vous imaginiez comment cette jeune âme doit nous juger bien avant de nous servir, avec sauce humide sur son tablier, eau piquante, cornichons roussâtres et soupe avec des lettres en un mot.

Il me faut donc freiner sur l'heure votre empressement de vouloir faire fortune faite sur mon figuier. Point de fusion et d'antimoine.

Roméo

Ah ! Ce cadeau du ciel rebecqué de vos petits poils tout lisses et qui à lentibardaner sous vos seins en poire.

Juliette

Ce disant - c'est malice d'amour - votre langue si chantante entre les lèvres de mon embardoufleur est la meilleure dans tout Paris, Londres, Moscou et dans mon cher Sainte-Anne-des-Monts. Aussi prenez patience ! Ah marmotte commune ! Verbier pour verbier ! Pauvre hache-paille ! Déverbiez vous pour vous redéverber de votre fanage et fauchaison ! Tirez les conséquences d'aller trop tôt au paradis et de m'entraper comme chatte trop aimable, rebrassée par vos veloutages de langue sous ma jupe. Faites des ellipses impétueuses de vos suaves vapeurs et hallucinations de mon four basculant tant il zèbre le ciel tel notre planète Jupiter ! Descopetez-vous de votre flanchet dérompu ! Et j'ose dire à voix basse. Desbroufez-vous, mon Roméo iroquoien ! Et débottez-moi à la royale ! À l'aide ! Carrichon Dieu mais qu'il me débotte ce demi gros bêta !

Mais quand il nous faudra nous époustoufler et nous prendre d'équerre en équerre, ce ne sera que dans notre nid que vous savez très beau par ses couleurs de corbeille-d'argent et de feuillage d'automne abstrait. Ah mon cœur ! Mes grands fonds ! Pour l'heure, devant cette jeune beauté de toutes les façons, il n'y a nulle empresse à mettre vos cheveux blancs peu symétriques sur mon jardinet et éteuf faits pour peupler l'humaine engeance tel le font en un coin, sans lumière, les rampantes bêtes, ou, ensemble sans abri, les quadrupèdes gras, et, en quelque sorte, fous d'Athènes.

Roméo

Ah, ma belle amie toute contée et dont les tétins mignons mais sans propriété artistique me servent de bonnet et de gorgerin. Il me faut en cet instant desserrer les dents, les deux dernières empoisonnées, et me faire déclamateur le plus pressant afin de vous débotter à la moignon-bleu. Croyez aussi que mon ardeur et tours de mal sont pour vous enseigner la philosophie du cognitivisme. Ah, ma tendre coupe de vertus et de faveurs ! Ah ma mignotte entre mille ris et cinq cent mille fois cent ans de sens et de raison !

Roméo et Juliette

Goo goo nos cow-boys ! Na na na, na na na, goo goo habs. Goo goo nos cow-boys ! Na na na, na na na, goo goo habs. Goo goo. .

Juliette

Ô cher orage de Pluton ! Ô grand bien public ! Le bougre ! Il ne sait me débotter jusqu'à la ceinture. C'est tout réfléchi. Bien le bonsoir, honnête vieillard !

Roméo

Madame ! Ce que veulent tous les hommes et les lézards de muraille après leur journée de travail. J'ai pour vous fricasser tout court que des paroles douces et à la venvole par lesquelles je vous invite à ouvrir vos mourantes prunelles à la lumière de l'habitat du septième ciel. Même mal tenu, nous y serons sous peu.

Ô ma Juliette ! Ô amie enfardelée de peine et qui a déjà donné le lait par le mouvement de vos paupières plus grand que nature à des enfants d'un prince africain. Ah ! Mon bon cœur de cent beautés nonpareilles ! Quand j'aurai encharté sur mon nez les dix turlupins doulousés de vos pieds, j'en ferai plus de célébrations que de brimbaler au théâtre un cochon d'inde devant manger dans le cours de ses noces radis, céleri et autres clopinettes de la fabrique d'une fermière, sombrant dans le gras du porc.

Ô cher tableau ! Mon licou. Par la riante Sainte-Anne, je vous jure - moyennant Dieu et la foi urbi et orbi d'icelui en ses arrières divinités attachées en sa charrette céleste – je ne veux que faire passer du froid au chaud cette cohorte charmante de vos dix gelées blanches tous pareillement en sommeil hivernal comme dans la publicité et autres fac-similés en noir et blanc du pôle Nord.

♪♫

Juliette

Ô fille d'humble compagnie que suis-je ! Que vous lentibandez dur pour me débotter ! Quel commerce singulier ! J'entends bien que votre oraison puisse embellir appartements dorés, meubles très pré-cieux emplis de liasses démesurées de dollars de grosseur raison-nable ainsi que des champs cachant des putois très lippus, très hideux et très vilains.

Roméo

Mon mamamour ! Vous m'émerveillez à me fifratouiller et à me fifratouiller pour rien. À quoi donc amour pour amour ?

Juliette

Ô prodige ! Plutôt que de me débotter jusqu'à ma sonde de soudage par ultrasons vous me signalez par vos yeux de lulu enfumés des maximes tant et tant fagadantes et brûlantes qu'on dirait soupe de chou de cent feuilles écabochées.

Roméo

Mon cœur ! Ce sont pour vous, mon âme, que plaisants beaux tours de vers et beau langage blanc, poli et bien formé par lesquels j'entrevois de delà ma poche, tissée de fil de coton, le frou-frou de votre vivier hollandais.

Juliette

Ah que vive débottée ! Et galipote sur votre engin et perruque la morte que je suis ! Ô grand fou et amoureux publiciste ! Vous me taquinez le toupet par tant de vos soupirs que mes pieds, saisis par l'air sain de votre savon à barbe, me semblent déjà allant s'échauffant comme poule converge vers des étincelles de bulles de savon.

♪♫

Roméo

Tablanoune de catatchiche ! Tatablabanoune de tatatcachiche !

Roméo et Juliette

Goo goo nos cow-boys ! Na na na, na na na, goo goo habs. Goo goo nos croquets roupioneux ! Na na na, na na na, goo goo habs. Ah les sicotis, sicotos ! Goo goo les cornes !

Juliette

Mon kaiser numéro centième ou cent-unième ! Prends tes responsabilités de Hells-Angels !

Roméo

Y' a que y'a. . . y'a que y'a. . .
Officiel ! Catégorique à l'œil nu ! C'est quoi ces agrès, câbles, sangles de cuir et fer blanc entre tes pattes et ta station de villégiature ?

Roméo et Juliette

Goo goo nos cow-boys, les gorets ! Na na na, na na na, goo goo habs. Goo goo nos cow-boys ! Na na na, na na na, goo goo habs.

Goo goo les cornes ! Maudite emmanchure ! Galant entre bonnes gens, je n'y arrive pas.

Roméo

Ô ma beauté ! Il est vrai que par la langue enchantée par laquelle s'exprime votre serviteur et votre amant - un mari de la sorte - je vous invite sans tarder à desserrer la charrue et mon attelage de hibou ainsi que font, même hors mariage dans un bocage et dans la farine, de beaux gros bœufs et leurs tendres amourettes, gracieuses autant que biches syriaques, slaves ou roumaines. Ah ! Ce qu'est leur tendre commerce pour ce bonheur hybernal ! À ce propos, imaginant notre prochaine nuit de mardi gras sur un pelochon, mes pensées ayant le rosée de l'ivoire, je trouve bon que je vous instruise de tout ce qui a transporté Rome, Jan Choart – un batteur d'or –, Hortense de... et Dieu merci, des différentes fleurs, ces merveilles pour les abeilles dont j'entrevois les desseins par les deux mouches que vous avez à l'environ du nez.

Juliette

Super ! C'est même trop de franchise.

Roméo

Que je vous dise mon mamamour ! Vous serez touchée et ébouriffée cent fois mieux par mon débottage que le ferait un oignon coulant face sur la rétine de vos yeux. Coller mes deux billes poivrées contre votre garni qui sent la marmotte, c'est vous faire pleurer par delà le bien qui vous arrive et tout le mal qui vous soit arrivé.

Juliette

Ah foin de votre tête s'infiltrant tel un irish-terrier dans...

Roméo

Près de votre lavantin plumeux et non lesbien.

Juliette

Ô mon Roméo d'aucun faux-semblant ! Que de commotions par lesquelles je frissonne tout incontinent de votre tendresse exprimée par serment sincère. Toutefois, ce n'est hélas ni le lieu ni le temps que votre brochet se fasse queue à la bête et soupirant du croque-au-sel de mon fameux pile-poil.

♪♫

Roméo

Si ma snoute d'amour si raisonnable se mettait en mode de commotion. Par transfusion sanguine ! Des commotions de qualité et à chaud.

Juliette

Des commotions genre pour ton mister Spencer ?

Roméo

Des momotions peu banales à notre époque de vidéos porno et pelues.

Juliette

Des compositions à la douzaine pour m'épâmir de tes poutous !

Roméo

Des commotions à outrance, au quart-de-rond ! Manche à manche ! Bdoum boum boum !

Juliette

Sans ma touselle et toux ? Sans les défauts de mon accoutrement en dos d'âne ?

Roméo

Des commotions éléphantastiques que fortune du cœur couvre des yeux les plus pénétrants.

Juliette

Non, non, mon vieux Johnson ! Sache vieux hérisson tout en demi-soupirs que mon lèchefrite légendaire est pour l'heure fermé et à froid pour ton gros djembé.

Roméo

Mais comment me résoudre à l'amour-propre ? C'est vous mon happy few par relation subjective. Et d'un autre sens, par vos leçons que j'apprends par cœur de votre courage.

Juliette

Cher détracteur ! Si je m'oppose à vos tremblements avec la tiédeur des vieilles peluches roguées, c'est pas courtoisie à l'égard d'une quelqu'une ici entre nous.

N'espérez donc pas, à titre croûton particulier, que je communie sur place à la thérapeuthique de votre kinkajou d'ex haltérophile. Ce n'est pas le moment que par mon humeur déréglée je me gratte les oreilles jusqu'à me fendre les fémurs. Non, non, mon cher commodore Johnson !

Mes cambrements de reins décentrés et mes pieds azurés au-dessus de vos épaules seraient insoutenables pour les prunelles et le si touchant prunellier de cette jolie jeune fille vulnérable à une pareille scène de la Bohème.

En plus, mon sptinoune ! Sache, sache, sache, vieux sarrazin ! Quand nos Glorieux Canadiens jouent à mort avec mon système nerveux, c'est nouf et nouf pour le dessein de ton vitoulet ou de tes deux boulettes de hachis. Quand mes Glorieux me papillonnent au ras de ma pâquerette...

Roméo

Ah, les memmerdeux ! Les démons de ta curiosité qui possèdent des biens saissisables. Ils me pâlichonnent.

Juliette

Quoi qu'il en soit, par civilité et bien public, ce n'est pas le temps que tu me fasses de la pression pour ton shetland et tes billes gonflées de pectine et d'osso-buco dégoûtantes. Il est hors de question que je me fasse nuageuse et malengroin par les narines avec ton levron membru comme losqu'il passe à un état de mécroire merveillable. Please ! De la tenue... non de la retenue. Mon coquillard, donné à la nativité, n'est pas en mode de se faire déboter, renboter, déboter, étéchétera.

♪♫

Roméo

Mais y' a que y'a... y' a que y'a... y' a que y'a... y' a que y'a... dans ce decorum aux couleurs d'un saumon détrempées.

Juliette

On ne dit pas comme une mouchure dotée de la langue criadeuse des mouettes : y' a que y'a... y' a que y'a... y' a que y'a... y' a que y'a.

Roméo

Mais remarque ma tendre linote si limpide. Il n'y a pas grand' monde icitte à soir qui vient se faire du necking. Des frenches-kiss décontractés.

Juliette

Sicrisse de punaise ! Du necking pour soi-même ? Pour pas grand' chose ?

Tu as raison mon polisson de chéri autant qu'il y a de la farine de gruau centré au centuple dans un bassin carré de biscuits de gruau. Il n'y a pas un chétif hétéroclite icitte avec sa catin censément venue se livrer à la garde de Dieu.

Roméo

Mais oh bébé, ma darling ! Ma poulette compactée en sucre d'orge! Plutôt qu'hétéroclite, un impair dans ton diaphragme par temps automnal, on dit z'hétéro - des z'hétéro, deux hétéros déniaisés à demi-fond comme rien que nos deux. Nous deux par effervescence dans la noirceur glaciale. Nos deux sous la couette éventée comme lorsque sans peine on se donne gentiment des coups de pieds de coin. Nos deux en lurons seulets, en deux lulus exquis! Hé que j'ai hâte de traverser couci-couça sur la glace embourrée de croustons de neige et de phoques gris notre crac de fleuve St-Laurent. Chérie! Dis-moi en contigu et sans te saisir par ton propre regard ! Est-ce que mon empressement te carillonne jusque dans ton distingué et clinquant commutateur ?

Juliette

Il est vrai qu'une fois désodérosirés, allongés et s'agrippant sous vide à côté d'un lampion tamisé mais catalyseur, nous n'aurons pas besoin de se déclamer au mégaphone la crème des tirades excitantes. Hein, mon pitou ? Ti'brouillard ! Quand je fais ma cathéter au-dessus du drap-house. Hein trésoren péril d'ex-blondasse ! Me trouves assez triomphante quand tu veux te décoincer la barbichette par des torsions de langue dans mon mange-tout ? Fin de cette maxime ci en attendant sans dire la suivante !

Roméo

Certain, ma fleur ! On s'en passera des additifs sous forme d'un poème chuintant. Je te jure à bras-le-corps. Pardon ! c'est naze ! À genoux mouillés proprement devant ton loir assoupi et filament ronflant à dodo électrisant ! À l'hôtel pas affecté où on va se faire des regards croisés, des rimes croisées et peut-être un portrait érotique en mots croisés, on va perdre le contrôle dans la mousseline des draps blancs, gris et grisonnants de nos cheveux blancs. De fait, ma petite fouine, tu connais mon charriot-grue qui ne sent pas la daurade ayant sauté sur un porte-savon. Ah ma galante ! As-tu hâte que je te bouche la vue jusqu'aux genoux et que mon soiffard baba-cool et au bras semi-long te monte à la tête ? Ah badaboum, badaboum ! Le badaboum, le vrai badaboum, c'est quand je m'aplatis en cataplexie. Plutôt qu'un crayon pour les yeux, je demeure ton vieux pot à eau. Ton cataplasme, my love !

Juliette

Sans le système d'enrayure de ma couche-culotte ? Sans l'à-plat et la grafigne de mes orthèses ? Sans mes prothèses dentaires ? Cet à-

pic plutôt creux pour un Apollon qui s'affale sur ma crapaudine ?
Tout de moi pour mon homme alpha ? Le seul qui me décontracte
tant.

Roméo

Ma jolie ! On va s'impulsionner bien au-delà de mon humeur
mélancolique et suicidaire de te savoir sans coupe-ongles ni coiffée
au coton dans un miroir.

Juliette

Avec juste notre colle de peau ? Une fois débottée jusqu'à mon
toupet, passée à l'essoreuse.

Roméo

Exact ! En se faisant écraser par l'omnibus de nos signalées
rechutes.

Juliette

Sans mes pendants d'oreille ?

Roméo

Sans mon panama ni mes lunettes en péril sous tes reins.

Juliette

Sans l'aplomb et l'acul en état d'apesanteur de tes gaz compulsifs ?
Les épouvantables quand tu me ceintures cavalièrement. La patte
gauche, en solution de facilité, par soixante-cinq degrés.

Roméo

Sans blague, sans ta brouette à deux roues ! Sans autres items en fer
blanc ou de quelle que blessure correspondante ! Sans nuisette
aucune qui me rend marabout pendant une minute. Tu te rappelles
ton admirable jaunisse ? Vite ! Vite ! Vite tant va l'hirondelle et
autres items volatils ! Vite une réponse prématurée !

Juliette

Sapelipotte, je suis désarmée. Je ne sais quoi écrire en un mot sans
lettres pour exprimer une plainte positive. Ô mon Cromwell !
Chancelier de mon échiquier ! Dans ce cas faisons une synthèse de
nos pourparlers.

Roméo

O. k ! O. k. C'est qui ton timide amoureux ? Le vrai sans
discussions ? Le bon qui tombe sur quelqu'un ?

Juliette

En privé et en public ? Celui qui connaît mes remèdes subtils et
cachés dans ma pharmacie ?

Roméo

Oui! dans l'obscurité de toutes tes craintes. Tu connais la chanson? Une chance en super moyenne qu'on s'a. (¹⁴)

♪♫

Juliette

Ha mon Black Hawk impatient ! Mon rat-taupe ! Déchausse-moi donc de mes bécasses de bottes ! J'aurais plus d'albumine, d'abnégation et de dévouement pour suivre la finale, l'ultime finale de nos affectionnés Glorieux.

Goo goo ! Na na na, na na na, goo goo habs. Goo goo ! Na na na, na na na, goo goo habs.

Roméo

Mon cher tatou ! Si mon porte crotte nasal était plus étendu et hardi, ça serait fait séant avant le printemps rien que par ma voix étoffée. Déjà plus que le roi anglais Jacques Ier, j'en ai déjà la langue crochue à corps perdu jusqu'à la moelle épinière.

Juliette

Ha coulis de serpent frénétique qui spécule de nouveau ! Ce n'est pas le temps, vieux Olaf céleste !

Roméo

In corpore sano ! Pro patria canadienis semper !

♪♫

Juliette

Dis donc mont cher Galoubet démonté. Toi qui as étudié Newton à la bougie; lu entre deux haies du Balthazar, le fils du roi Nabonide, n'est-ce pas ? Toi qui connais les accords baraqués...

Roméo

Découpés dans la viande ?

Juliette

Non, ta de ta ! La palme des accords plaqués d'un ton et d'un ton et demi en raison de ta circoncision caniculaire. Penses-tu qu'à un moment donné cette esquimau-aléoute de serveuse pourrait innover

¹⁴ "Une chance qu'on s'a", titre d'une chanson de Jean-Pierre Ferland.

et nous susurrer son menu classique à hodos et à patates de circonstance que nous connaissons.

Roméo

Boutefeu ! C'est certain, chère belle dragée petit-gris. Je ne serai pas contrecarré que cette fleur nous expose son baratin par une démonstration de bourrique de ses coups de théâtre culinaires à 99 cents. De fait, je mangerais bien couci-couça tel un chauve ou un barbichu, poulain des phoques, n'importe quel double hotdo brodé de ses menottes juteuses d'une moutarde douce anglaise.

Juliette

Corbleu, mon chou ! Quel papy-boom déshabillé que tu fais ! On ne parle pas, dans une langue de bourrichon mis au rancart, de broderie noyée entre deux couches bousillée de moutarde anglaise, fort marginale en Chine. De fait, quand bien même que tu te bourrerais en n'importe quelle position devant la télé, tu vas dégouliner d'une livre de chiures de moutarde sur mes cuisses satinées, si propres pour les peuples de la mer. Or, ton dégoulis tombant droit sur mes bottes et entre les ferrures de mes appareils, ça va m'exciter au mal et uniquement à l'œil. Quel ex blondasse et mêle-tout grisonnant cucul tu fais ! Je frise dans une partie insaisissable de mon anatomie de perdre ma mondanité.

Roméo

Mais ce n'est pas vrai ma souris. Oh bodybuilding ! Parlote pour parlote en ex beatnik. Détruisons de nouveau le mythe des mythes. Nous ne sommes pas, n'est-ce pas ? des croix de guerre et des fions de l'autre génération déjà knock-out.

Juliette

Justement mon doux koala qui piaffe comme un motard dans une tapisserie ! Fais donc ton vieux beau tannant et bourru ! En crachant, en varlopant la table, en rabotant les chaises, déclare ta proposition ! Mets de l'acide et de ton contrôle d'identité sur les aiguilles de son cadran ! Bafouille à cette baba cool de serveuse comment l'on pourrait lui commander des hodos persans à poil long. Dis-lui sous le couvercle de ton stupre et de tes dérèglements que la livraison des hot-dogs est même comprise dans les revenus de la prostitution.

Roméo

Attends, mon canard ! Tu vas trop vite du bonnet. Je vais lui faire dans deux minutes un signe en vrac et à la vapeur. Déjà que j'ai mon nerf rachi arichidien canayen fin prêt officiellement à ce que

96

je lui montre mon boxer-short d'ex camionneur et ton string noir et blanc qui est attaché à ma boutonnière. J'en ai encore une petite gêne pour ausculter les limandes de ta poitrine basse et tombante. O espirito sancto !

Juliette

Fiousse de fiousse ! Tu me fais rire et dérire. Encore une allusion, bardée de décoration, de ton desirata pour notre tohu-bohu en vis-à-vis.

Roméo

Ô altérations et mécomptes. Veuillez croire si c'est pour vous en décroire à demi. Je me jetterais drette-là, même avec une autre angine de poitrine, sur le lustre d'une corde raide. En paf, paf ? En paf, paf soigné ! En paf, paf et en tandem. En paf, paf à notre gré ! En paf à se pelauder jusqu'à terre. Par touffes de paf, turelure ! Tous les pafs à la venvole guérissent des maux passés date. En paf ripé autant qu'un jeune terre-neuve de soixante dix ans amouraché sur un futon d'une belle et jeune hermine de soixante ans. En paf ! En paf si enjolivé par la peinture que j'en fais.

Juliette

Ô seigneur ! Je suis prête à l'emploi dans ma raie de mulet.

Roméo

Ô clôture délectable ! Ma Gasconne !

Roméo et Juliette

Goo goo nos cow-boys ! Na na na, na na na, goo goo habs. Goo goo nos cow-boys ! Na na na, na na na, goo goo habs. Goo goo les coengommeux !

♪♫

Juliette

Mon loup ! Mon gros loup ! Je te le dis en suçotant ma dernière prémolaire. Mais tu fais quoi là mon gros minet avec tes plis du coude sur la pointe de mes fesses ? Soda ! Tu titilles par hasard et par touches impressionnistes mon grand terrier du Mufti de Jerusalem. Soda de soda !

Roméo

Police ! Haut les mains ! Éblouissez-vous plein la vue les bras en l'air telle une charpente en bois !

Juliette

Et devant ton air sacripant de mérou ? En me faisant faire, sans contre-pied, des clichés de tes odeurs de chien de traîneau ? Ah la chevrette bien mise que je suis ! J'implore une sœur de charité de me pincer tant je souffre à fond de ton dentifrice aux arômes de hodo.

Roméo

Hé, police, police ! Agent immuable de la paix des gares fluviales. Gendarme grognant ayant fumé et mis au placard.

Juliette

Ô mère patrie ! Grande couture du Québec ! Ce monsieur me précise une vive anxiété. Je justifie pour les nuls blessés de la face. Ce taré et vicié de conformation, inhale mes lolos précieux et sans vraies malfaçons entre deux quintes de toux.

Roméo

C'est de bon cœur, madame. Je dois vérifier tout à trac si au Québec on s'ennuie de vague en vague, d'un sein patron ou spécifiquement des vôtres. Deux adorables cataractes du ciel. Au fait, quel est votre téton patronymique de Ste-Anne ?

Na na na, na na na, goo goo. . . .

Sérieusement, je dois faire rapport de comparer chenille pondant ses œufs le dimanche matin et papillons grisés par les mêmes vagues qu'Abu al-Atahiya se grisant et s'aigrissant de ce mode de vie des steppes, lui-même se mourant de fatigue sur le fil de gentils points noirs de dame Abu al-Atahiya.

Obéissez, madame ! Otez par bouffées vos boucles d'oreilles comme s'il s'agissait d'un après-ski ! C'est la loi nubuk numéro cent deuxième, madame !

Sortez avec fougue, par vos jolis doigts indéfinissable, en recto et verso d'une main à l'autre, ces pilules bleues enroulés dans vos tifs. S'il vous plaît, c'est un ordre soupirant et excitant ! Que je vois sous mes lorgnons leur logo viagratique dans leur couleur primaire. Je dois m'assurer, par impulsions aveugles, si vos pilules bleues frénétiques font ambitionner tout pour le paf, et, lever de bric-à-brac par étourderie, pendant la procédure, la débande de votre chevelure.

Voilà, c'est un ordre tout bonnement emporté. Je suis votre police, hurluberlu.

Mais sacripant, mon pirate ! De bécoter mes deux parafoudres de jazz-rock, tu vas faire boucaner les odeurs musquées de mon Saint-Paulin. Comme madame DuSablé lorsqu'elle fut à jeun dans son salon.

Roméo

Exact ! Mais tel le prodige Bababinsky au piano, je ne fais que repérer, mes coudes serrés dans votre dos, vos poinsettias noirs. Ma chérie, nous sommes très unis.

Juliette

Espèce de fausse police d'Eddington ! Tu es en train de défaire avec ton nez en parallaxe les agrafes de mon porte deux-finettes. Mais attends, attends plus tard d'exercer ton pop-art. Espèce de sybarite ! Espèce de baby-beef carencé ! Tu profites de mon usufruit et de mon quasia à pont-bascule. C'est insoutenable quand il s'agit de parler pointu à une jeune bringue innocente. Fais plutôt une cure d'une heure ou deux avec de la farine de moutarde dans le nez ! Par mégarde, je peux attendre pour une distribution classique de soupe.

Roméo

Mais pareils deux corps célestes intergroupés sur votre poitrine ! Pour un gentleman !

♪♫

Juliette

Stop ! Stop, vieux labrador implorant et baveux ! Tu hydrates ma fleur de bégonia et tu ne t'abrutis pas comme une fripouille pour secouer la serveuse en fessant sur la table par des coups de moignons. Ce n'est pas le tout de me mouiller avant de me débotter et de faire frire mon phare be pop, mon bongo rotatif. Poses toi plutôt la vraie question euphorisante ! Mais quand cette belle âme fera grésiller des hodos qui seront à l'abri de toute critique ? Ah vieux bouc poilu ! Vrai fripon ! Quelle est donc ta pop musique ? Aie un peu de contenance ! Dégage-moi de ton cou d'amphibien !

Roméo

Mais juste pendant un temps limite ?

Juliette

Aie au moins une petite gêne d'intraverti ! Un cran d'arrêt par lequel tu pourrais rechigner et protester aussi bien à titre de chef de

file de la mafia que de gangster, pris dans les courbes du Québec, et, obligé de se tourner les fesses à l'envers sur sa moto chromée.
Ah, flûte de rocou ! C'est trop, trop vite. Tu es en train de brasser et de faire saliver dans ses angles morts mon servomoteur. Sois moins ductile, mon trésor ! Arrête de faire semblant d'être sensationnel et e me débotter à l'infini ! Please, please ! Please pas ici ! N'accélère pas mon pouls ! Déjà les respirations en dos d'âne de la serveuse, ses regards gri-gri, ses nombreux index qui s'empalent successivement aux travers de ses téléphones intelligents. C'est trop pour cette ado qui devrait lire au maximal du Baden-Powell et autres contes. Qu'elle se limite à ressentir les effets de cette discipline stricte d'être spectatrice et de ne rien dire !

Roméo
Mais explique ! Explique toi par tes aiguillages ! Quant à la petite dont les pattes n'ont rien de celles d'une araignée de mer, c'est sûrement une spécialité de son école de nous combler selon sa discrétion d'une longue attente.

Juliette
Ô coulis de serpent ! Si cette jeune anguille, en ce moment sous hypnose, entendait à l'horizontal tes allusions, cette mignonne fleur se mettrait du bouche-à-oreille. Mais allez, allez ! Oublie cette jeune galette des rois et sa mélancolie que nos Glorieux finissent comme des asticots. Réveille là ! Sers-toi de ton impayable force des burettes ! Casse-lui son nez arc-en-ciel subordonné à sa jeune âme !
Je n'en peux plus que mademoiselle rogne son abattement d'un téléphone à l'autre.

♪♫

Roméo
N'empêche ! Je sais des yachtmen pompés dans l'équipe du Canadien qui …

Juliette
Tu m'énerves au sujet des Boulgours; ceux qui sentent les rognons semi-ouvrés de leur pays d'origine inconnue. À la place, sois arrangeant ! Réchauffe-moi à la planche ! Fais ton bimbo ! Fais ton brochet qui pèse dans les cent trente kilos ! Prends tes responsabilités de Hell Angels, tabernoune ! Fais-moué mal ! Guilloche mes guil-

lochures ! Fais un miracle comme par le pistolet passant du bleu au rouge de notre gouvernement ! Gratte-toi à petit profit !

Fais-moi faire sur la table une danse de Saint-Guy ! Débotte-moi ! Et une fois débottée, mets idéalement mes bas bruns entre cette salière ci et cette poivrière là ! Là, là, là ! Allez, allez ! Masse fort avec ta tête mobile hydratée à l'eau de toilette. Allez, zou ! Débrouille-toi, mon Colombo ! Masse, masse, mes pattes de mignonne de petite antilope à gâter ! Masse-moi en douceur comme le ferait un honoré abruti, le nez frais dans ma sorte de confiture personnelle d'anis étoilé ! Débroussaille mes orteils ! Mets les en orbite ! Ventille mes cuisses comme le ferait un spéléologue sans ressentiment aucun à propos des chauves-souris. Débotte-moi mais avec bonne conduite. Allez, débotte ! Fais-en ton médecine-ball ! Innocent ! In... In... avec deux syllabes ! Ô mon cher innocent ! Grouille mon in... avec deux syllabes.

C'est long comme mes diarrhées que tu me débottes.

Roméo

Ô mon béguin ! Mon petit étourneau ! N'oublie pas que j'ai la twist et le bodé tatoué sur mes deux fesses de la sirène de Sainte-Anne. Or cette collègue à toi de ton patelin sur mer te ressemble comme deux gouttes d'eau se grattant en prime à vau-l'eau. Aussi sois patiente en ce resto éclairé au plafond d'une couleur d'un poisson voisin du saumon blanc Je vais tenter de te débotter à la savate et ça va te décontracter en boucle. Ô mon coco ! Je ne tiens pas à déranger ta digestion et que tu te manges les sangs avant de te caler jusqu'au sacrum un hodo béni et résurgent. Tu vas… Tu vas... C'est pas mêlant, cher trictrac. Le baryton et bon patapouf que je suis va te le rezinguer entre les pattes ton arrache-cou communicatif.

Juliette

Je le sais, mon papy-boom. J'adore tes biceps gros de plastique expansé. Je capote de tes moignons qui papillonnent sous mon nez par tes glandes sébacées de self made man.

Roméo

Et un autre atout quand nous serons sous perspiration bipartite. Mon général Bradock, ton général Bradock, mon général Bradock, ton général Bradock dans le cours de nos routines à la pompom...

♫♫

Roméo

À la serveuse

Mademoiselle, mademoiselle !

Ne pensez pas que je sois un forban et que je compte vous détacher le cœur de sang froid des nos Glorieux.

Juliette

Croyez-le à bout de bras ! À pas de poule qui affleure entre nous ! Mon homme ne va pas vous tordre du visage comme un caramel par le milieu. Voyez le donc comme moi-même dans le zoom et la voûte de mes lunettes roses ! Il est rassurant autant qu'un billet doux pas étrenné.

Roméo

Même si vous perdez une soirée mélodieuse, vous sentirez que je n'asticote personne d'aussi suave que madame.

Juliette

Mon Roméo ! C'est un doux. Un filet ! Un chiffon avec des mauvais plis. Du bois blanc ! Écoutez-le ! C'est féerique. Il ne va pas vous démembrer à la turque en se cassant les dents comme sur une mouche à viande. Vous le voyez, n'est-ce pas ? dans les miroirs bien léchés de vos téléphones ? Moi-même je suis sa picotée de Belestre. Son cher grain d'orge. Soyez certaine, petit canard ! Je participe à ses succès escomptés de Sorel, St-Ours, Contrecœur et de ma chère Ste-Anne fort habile sur ses patins.

Roméo

Mon tendre petit caneton ! Je résume explicitement pour vous avant que mon cœur, ci-dedans, m'énerve par ses remarques de Mic Mac. Dès fois elle parle avec une hache d'abordage. Mais entre nous, il y en a du bon monde icitte cultivé qui sente la sole chauffante venir d'un cœur battant. Allez, beau petit grain de beauté ! Versez-nous donc à boire un pepsi entre deux verres de vin glissants entre vos gentilles menottes ! Sinon, tout en pleurant comme un veau, je casserais d'un de mes moignons de bœuf autant cette table ci que ses chaises-ci médianes.

Juliette

Ah mon banderillero !. . . Voilà mon fripon qui adoucit pour vous sa voix de rockeur.

Roméo

Baslack ! Ma pitoune ! Pardon, pardon ! Je m'exprime avec vertu, bonté, esprit et fortune par demi-mots et proportions caramélisés. N'êtes-vous pas vous-même différente des autres et de vous-même par votre économie de mots français ? N'êtes-vous pas le chef-d'œuvre de notre société grincheuse et acariâtre ? Mais là, si ce n'était pas de cette serveuse décorative, je vous trimerais d'arrache-pied sous la table une fois que j'aurais pris mon overdose d'oxo.

Juliette

Ah mon beau et cher coyote ! J'ai hâte de subir avec vos ponctuations maison votre débrouillis et de chronométrer vos cognées à chaque tour de roue de votre bicycle à gaz. Vroum, vroum !Vroum, vroum ! Je rêve avec mes idées arriérées.

♪♫

Roméo

À la serveuse

Mademoiselle, mademoiselle ! Sans nous dépoitrailler et vous faire subir la moiteur de notre humidité, peut-on vous commander avec intensité ? Sans vous détourner du bien !

Juliette

En faisant aucun art brut.

Roméo

Dans le but d'une pénétration d'esprit la plus singulière.

Juliette

Si vous voulez, peut-on vous commander, sans même vous exprimez soit des passions terribles ou d'autres paisibles, votre spécialité de bouffe-de-quoi que-ce soit de vos hodos garnis fifty-fifty de relish et de moutarde jaune, soit anglaise ou de toute autre région de ce continent.

Juliette

On vous commanderait par consensus deux hodos nature en rang d'oignons.

Juliette et Roméo

On vous commanderait sans cérémonie deux hodos bourratifs et sans défauts dans un pain blanc à son pinacle.

Goo goo nos cow-boys ! Na na na, na na na, goo goo habs. Goo goo nos croquets roupioneux ! Na na na, na na na, goo goo habs. Ah les sicotis, sicotos ! Goo goo les cornes !

♪♫

Juliette

On vous commanderait quasi dans l'obscurité et avec ce sentiment délicat qu'elle engendre.

Roméo

On vous commanderait drette-là en parlant de concert mais sans grumeaux. Comme en s'adressant dans un bâtiment gothique à une brouette enchantée.

Juliette

On vous commanderait bien avant quelque machination des têtes plates et des grillons nés hors du triangle fabuleux et trouble-fête du Québec.

Hallo, mademoiselle ! On vous commanderait même blêmes de partout, de tout, de rien.

Roméo

D'un ton charmant qui plairait à votre maman et de son rôle important.

Juliette

En évoquant notre inconsolable affliction pour les allures maudites de vos deuxièmes voisins ! En passant, lâchez le morceau de vos chiens dessus !

Roméo

Ô cher barracuda tout tendre, sincère et dépaysée sans équivalence.

Juliette

Imaginez notre paralytique ! On vous commanderait deux sangsues de hodos en couple.

Juliette

En même temps, on vous commanderait par une floraison des clins d'œil deux fois quatre quarts de hodo, garnis par un ta.

Roméo

Si vous voulez, par gentillesse et compte tenu de notre instruction, on vous commanderait entre deux phases de vos confessions par twits.

Juliette

On passerait notre commande entre vos grappes de messages sur Fesse-de-Pouc.

Roméo

On vous commanderait platoniquement sans insister comme le ferait deux bécasseaux désireux de faire bombance d'un flux de cricris sur une branche morte.

On vous commanderait avec circonspection ! Comme des amoureux qui ont les jambes mal faites mais pantoufleraient devant des piles de hodos.

Juliette

Par mimétisme ! Comme le feraient de grasses nourrices d'Haïti.

Roméo

Ô cher joli cœur en abîme ! On vous commanderait comme en n'importe quel temps heureux et même comme celui-ci maussade du début novembre. Taxidermiste de suppléments en moutarde.

♪♫

Roméo

Câline, belle mademoiselle ! Adorable petit crochet ! Si vous vous mettez à Dieu et à son vernis, est-ce qu'on peut un jour vous décoller de vos téléphones et vous appeler pour rien deux cheeseburgers ?

Juliette

Mademoiselle ! Est-ce qu'on peut vous commander, sans que ça vous fasse des points de côté, au moins un quart de chip au vinaigre ? Est-ce qu'on peut vous commander une photo d'un but entre deux virages en épingle de nos Glorieux ?

Roméo

Chère petite cochenille ! Ma belle enfant ! Est-ce qu'on peut vous commander au moins, au minimum, une louche forgée de soupe pêle-mêle de lettres alphabet ? Des belles lettres pâteuses qui font remuer les jambes du pays.

Juliette

Mon amoureux et moi sommes des lettrés axés sur les arts et aimons les nouilles brutes mais lettrées. Lettrées à toutes jambes !

Roméo

Bien que nous ayons les dents aigries et mal alloties. De fait, mon poussin. Peut-on vous commander comme si nous étions vos clients parachutés de bord en bord du fleuve ? De n'importe quel fleuve pourvu qu'il soit au moins incorporé icitte au Québec terre à terre.

Roméo et Juliette

On est au coton mon p'tit canard. Comme des lapons qui cherchent en ville le petit coin pour. . . On a faim comme deux herbivores agités mais non agressifs; ce n'est pas explicable. Allez, allez ! Ce serait instinctif pour vous.

Ô jolie sœur de charité dévouée aux malheureux et aux minous !
S'il vous plaît, si vous avez du temps libre, servez-nous face-à-face
deux pincées en parallèle de sel et poivre ! L'une blanche à gogo,
l'autre teinturée comme de votre petit poil poivre blanc personnel.

*La serveuse, un téléphone collé sur chacune de ses oreilles, leur
apporte deux bols de soupe qu'elle renverse en partie sur leur
table.*
*Montée de colère et gestes démesurés de colère feinte de deux
personnages. La serveuse va d'étonnement en étonnement.*

Roméo
Le vrai toton ! Le crébolle de numéro deux.

Juliette
Le deux qui vient de défoncer par ses tentacules le nez exorbité de
l'autre qui est au deux ?

Roméo
Tu vois ma praline ? Y s'effoire-là en quatre sans protocole. Ce
Russe méformé et oppressant par ses formes épanouies frôle par ses
dents affûtées la bande-annonce illuminée des hodo fourbis de
moutarde.
Tabaslackeeeeeeeeeee ! C'est ça, chérie ! Un autre chutney qui ne
mord pas dans le progrès et qui n'est pas équipé, sous certains
angles, par le nœud des ligatures et du pare-brise du Québec ! Ah
cuvette de diacre ! Si j'avais un déplantoir à trente-deux dents entre
mes deux prothèses, je soulèverais par ma foi de patriote sa veine
cave et son liquide de jonction et de cholestérol.

Juliette
Et l'autre, le vin'yenne-là de twitt ! Le soixante-huitard de mes
deux. Il chique quoi à la bonne franquette ?

Roméo
Tu parles du cytoplasme en compétition avec l'autre crocodile
numéro deux-deux importé de la Floride ?

Juliette
Heu, heu ! Tu imagines, à travers mon décolleté, mon travail de
circulation et de digestion à cause de ces deux rougets ! Déjà qu'ils
me lèvent le cœur avec leurs montures de lunette entrelardées de
poils d'épagneul. Ô saisissement ! Il a racheté les miennes, les
pareilles aux tiennes par nervosité. C'est inéluctable et ça ne me
fera pas mincir. Leurs beaux-pères, gendres, neveux, cousins
germains et ancêtres de Staline sentent la marmotte hybride sous

leurs deux dessous de bras en action. Ouach ! Ce n'est pas possible que cette sous-classe de retraités me surmène autant. Je répète à bon escient. Je suis affectée jusqu'à en avoir la parole facile. Ô collier de misère ! Laisse-moi me tenir à deux mains sur le trumeau de ton cierge du Pérou ! Ô pelote de fumiginations ! Ô Dieu des pigeons et tourterelles ainsi que des lacunes de la deuxième et troisième personne de la Trinité ! Ce n'est pas possible entre leurs clavicules leur succès de dindons. Ces zouks s'occuperaient de quoi dans notre lit ?

Roméo

Mon beau lapin en croc ! Regarde, étéchétera ! Ces épousettes de Glorieux patinent en gougoune avec du tire-cire sous les lames rose en faïence de leurs patins de feignants. Et tel un ingénieur principal qui parle à son pingouin, je me pose une question. C'est qui ces deux notoires poneys sans fan club touchant dans le double jeu de notre médecine nationale ?

Juliette

Mon colonel, général de corps aérien ! Dois-je préciser votre question par son embarras ? Comment se présenteront ceux-ci sans tranchants ni pointes et sans qu'on se fasse administrer telle une mouette et une cigogne une substance calmante ?

Roméo

Ma tourterelle ! Ce qui est certain pour notre z'impressionnabilité. Ils ne voient pas, comme je le vois, entre nos deux-deux yeux, par quelle touffe émotionnelle ils sont nés.

Juliette

Tu parles des deux autres quasi coupés en deux, sous leurs propres yeux, vu le style en bafouille du bon deux-deux ? Des deux-deux dans la famille de tes deux ?

Roméo

Exact, ma prunelle ! Je vise de biais par piété les deux autres gommés qui n'ont aucune décoration affichée en super-ordre des épaules jusqu'aux genoux !
Mais là, baisse ta tête, chérie ! Plie l'échine ! Fais des progrès de te casser le cou ! Tu vois les deux fameux Catalan du Shetland ? Moué ! Moué ! Moué ! Moué ! Je m'en étouffe par divagations autant que de savoir notre peuple errant.

Juliette

Tu es consomption comme d'habitude au lit ?

Roméo

Ah, ma belle syncope ! Ce ne sont que mes nerfs à l'extrémité de mon perchoir de vue. En vérité, je désaccorderais par un froid de canard ces deux moumoutes. Ah ! cher extremis ! Regarde le mouvement en papillon de mon poing. Je ne prends plus, sous le couvercle de ma culture générale, que ma patience ne m'amène à aucun plaisirroyal à l'heure du berger. Aussi mon minou ! Je me tiendrais en zone tropicale. Je clic-clacquerais d'un coup de coude blindé mais innocent dans leurs organes subalternes.

Juliette

Mais regarde l'autre ! Le dingo qui délire. Dans l'optique et de faire revivre dans le chromes les ganglions en désordre par sa langue.

Roméo

Mais lequel de deux, entre nous deux, de tous les deux numéros deux qui te choque ? Lequel de deux, dans les gradins claquants ou sur la glace, que tu ne verrais pas en double sous la fantaisie de ta nuisette de nuit ?

Celui avec l'œuf poché dans son œil ou l'autre entre les deux qui ne propulse plus par les oreilles ou par le nez de la vapeur blanche ? Réponds sur les ailes du vent ! Moi-même j'en fais de la vapeur tandis que je me surmène à te débotter.

Juliette

Chose certaine ! Leur air terrible d'une chauve-souris serait pris au pilori entre mes pattes, le museau pincé dans ma fruitière, je décrocherais à l'un, sa tête qui a été mal cordée. Mais si l'autre sur le plancher s'échinait comme un lion à me parler en douceur de mon champignon !

Ô parle-moi ! Déparle comme un doux ! Débotte-moi au son, par mimique !

♪♫

Roméo et Juliette

Goo goo ! Na na na, na na na, goo goo habs. Goo goo ! Na na na, na na na, goo goo habs.

Juliette

À la serveuse

Mademoiselle, mademoiselle ! Admettez que mon homme n'est pas un forban et qu'il n'entend pas vous détacher pour rien ni de votre nature. Croyez-moi ! Je l'ai tricoté à l'ancienne avec des aiguilles qui servent de tringles pour son cerveau de couillu qui me déraque. Mais dans la vie, c'est un tendre en sucre. Il voit une plante aquatile, et, il en pleure comme par un mouvement de girofles. C'est un tendre et en sucre !.

Ah ! C'est une chape de douceur et étéchétera. Quand j'entends battre ses ressorts de langue sous ma jupe, c'est féerique. Je vous le jure. Entre toutes vos rondes et récitatifs au téléphone, il ne va pas vous démembrer à la turque en se cassant les dents comme sur une mouche à viande. Voyez le bien ! Pénétrez-vous de ce mystère ! Sous peu, mon lyrique amoureux va se désenchaîner contre nos Glorieux. Heureusement que je suis moi-même sa picotée de Belestre. Son cher grain d'orge. De fait, vous-aie-je répété ? que je participe à ses succès escomptés de Sorel, St-Ours, Contrecœur et de ma chère Ste-Anne fort habile sur ses patins.

Roméo

Mon beau petit canard ! Je me démange et résume au plus vite. Vous comprenez ? Entre nous ! Admettez qu'il y a du bon monde cultivé qui sente la sole chauffante venir d'un cœur battant. Allez, beau petit grain de beauté ! Versez-nous à boire d'un ton haut un joyeux pepsi les deux verres de vin glissant entre vos gentilles menottes !

♪♫

Roméo

Mais regard' là, ma belle grenade ! Regarde express l'autre offense aux officiers de la troupe de notre équipe échauffée. Ah le maudit dindon sans plumes de contours ! Une lote en nage de notoriété, icitte, chez-nous ! Là, là, là l'épais ! Il patine avec le deux collé désagréablement et écartelé sur son dos. Tu le vois, tu le notes ce méchant génital ? C'est lui le désordre, le giron, l'accablant sur notre glace. Sur la gauche, là, là sur la gauche ! Non, non ! Trop tard. Zieute à droite maintenant ! Teste donc dans le recoin cet ensemble de quatre athlètes jazzy. Torbine. Les je-m'en-fichisme qui modèrent leur vitesse au ralenti. Là à droite ! Tu vois les deux, les deux sanguinaires overdosés pur-sang ? Je peux te le dire par langage standard ? La marmelade de leur voisinage et de leurs parents ont proféré des injures sur le corps de l'os du Québec.

Juliette

Ouen ! J'analyse cette désuétude. Mais personnellement, j'aurais en mon sein, un hodo même bouilli à la chandelle, je détacherais mon regard de ces deux autres jean-foutre qui portent comme toi sur leur casque protecteur un gland jaune en forme de pompom. Comme toi, mon chou ! Quand ta taille était au-dessus de tout soupçon de dissentiment.

Roméo

Ouen ! Normalement, je ne manquerai pas une occasion de te répondre. Mais pour l'instant, moi, itou je considère que nos sportmen se sont damnés par la danse contemporaine.

Juliette

Et probablement par l'autre garniture. Ce qu'on appelle les broches de la littérature.

Roméo

Pi là, regarde ! Regarde, ma petite crotte décadi ! Détecte le gros huit ! Vois-tu son fixatif sur ses oreilles en train de tomber à l'eau ?

Juliette

Le huit, mon loup ? Le huit cassé en deux ?

Roméo

En quatre, torvis. C'est dommage mais tu peux compter sur mon métabolisme. Je ne vais lui donner le feu vert pour lui accorder la main de nos enfants.

Juliette

Mais ô horreur de brochoir ! Je vois que ce débile à incarcérer, ivre et creux autant qu'une chambre à air, se prend à notre bon soixante-neuf. Je te le dis comme j'irais en vol sur un morse à mon Ste-Anne. J'aime autant que tu me décoiffes à l'anglaise avec tes moignons et après que tu retires de notre table la fleur superflue qui sent ta tige trempée et tes deux médaillons mauves. Je ne suis plus immunisée par ces contrefaçons de nos Glorieux. Ô mon titan ! Est-ce que tu leur parle dès fois en homme mature dans leur téléphone en forme de lampe d'Aladin ? De tout ça, j'en maugrée de ta mayonnaise autant que lorsque tu te coupes les ongles de pieds, une fois par année, début décembre, avec ma tondeuse à gazon.

Roméo

Tu as raison de grincer de tes dents noires et vertes. Un moment dans l'année greco-romaine, tu tiens à me faire k. o. par ta langue râpeuse qui est franchement une boutique de ton hépatique du foie.

Juliette

Pis là, pis là ! Que c'est désolant cette reine-marguerite, cette garçonne qui a sous le nez comme toi des poils noirs de tubercule. Dis-moi par tes mots qui parlent tant d'autre chose ! Mais dans quel dépôt de caoutchouc, dans quel hospice pour vieux dépravés cancaniers tes deux-deux ont été dépoté ? Tu savais que leur nom polonais veut dire en français deux mulards coupés ou accouplés plus ou moins bien en deux ? Garanti, garanti !

Roméo

Ah le fioul, ce fish-eye de numéro deux. Je n'ai jamais aimé son air gonflable d'un Henry II en leggins. Imagine ! Quel choc pour une beauté, une jeune âme maigre et pas plaintive.

♪♫

Roméo et Juliette

Goo goo ! Na na na, na na na, goo goo habs. Goo goo ! Na na na, na na na, goo goo habs.

Juliette

Mais regarde l'autre fardeau enrhumé qui s'étale sur la glace comme tu le ferais. Ses chaussettes bleu blanc rouge lui montent à la tête.

Roméo

Celui avec sa face rose écrevisse qui lyre comme mon amoureux par son nez coulant ? Le même encore numéro deux qui s'essaie franc-bord après notre bon vieux soixante-neuf ?

Juliette

Ouais, ce virtuose du rap avec ses appareils zorthopédiques.

Roméo

Ouen, ouen ! Là je le replace sur le programme d'après les annonces relichées des culturistes qui se font explicitement autant que tu essayais des biceps intoxiqués. Il paraît que cet eskimo a acheté ses patins en faisant le grand écart devant une plante verte en plastic. Faudrait-il qu'il fasse moins de pirouettes avec les opérations du Saint-Esprit.

Juliette

Je suis positive. Sous son chapeau alsacien, le même que celui que tu portes devant un essaim d'abeilles, c'est une poire, une moyenne poire mégalomane. Une poire en la matière des patentes à gosses qui détériore notre sport national. Le Québec sous son cône eté-chétéra...

Roméo

Lui, ce pruneau ! Ayoye ! Né à cheval entre le droit chemin et pas de chemin pantoute !

Juliette

T'as slacke ! Ayoyez-le ! Ayoyez-le ! Ayoyez-le ! Ayoyez-le !
Ce poireau s'est collé la palette de son hockey sous son swing de dessous de bras. Bref, à l'intérieur d'un mot d'un climat tempéré, c'est quasiment un suffixe de ta personne.

Roméo

Ce n'est pas sûr, ma chérie. Sens mes moignons, afoule dessus. Odore les; ripe dessus leur électrolyseur ! Ah mamamour ! Votre beau visage d'albâtre perce l'herbe et les neiges. C''est merveille organique.

Juliette

C'est hors de question. Je suis empoisée et en décomposition écartelée Regarde l'autre mouchenez mélancolieux hors de l'ordre de la nature de Glorieux. Il patine en cassant du Mozart et l'élan du compositeur Michel L...

Roméo

Il viarge, sans coaguler, sur sonate une telle ? Celle qui a été beurrée de bon cœur pour la duchesse Juliette de ?

♪♫

Roméo

Ô chérie, ma petite fraise des bois ! Je ne dis mot mais ma coupe pleine de lait de chèvre, je chigne des cahots de la vie. Tu sens le grabuge qui m'ébranle de tout cœur ? Que je suis défortuné ! Oui, je ne m'épate plus de mes névroses et autres cochemiles et maringouins. C'est lui ce phoque de Russien ? La relique de la vraie croix ? Notre faux Michael Jackson sans sa chair d'agneau manquablement couleur de pois chiche ?

Juliette

Oh tablanoune de matchiche ! Mais z'yeute aussi le David Crockett qui chauffe comme un cocorico pour faire l'enfant sur notre patinoire. Le ténébreux ! Le Bélial ! Il pense comme mon vieux cure-dents faire glamour en portant un noeud papillon pour arrêter la rondelle.

112

Roméo

Exact, exact ! De mon côté, je languis comme lui rien qu'en hale-
tant sous ma cravate qui sent le cul de porc. Mais tu vois l'autre, le
glaireux, ce jeunot qui tourne la situation à son avantage quasiment
jusqu'aux larmes. Crois-moi ! Si je le croise au fond de mon
numéro d'autobus à élever le volume de notre Radio Canada et
l'autre la classique, je vais lui suspendre ses exercices respiratoires
et sauts de cheval.

Juliette

C'est o. k, mon homme en granit. Pour ma part, je ne lui écrirai plus
jamais a plus, LOL. Au fait, tu connais la nouvelle à propos des
autres chaussons qui m'affligent et qui vont nous déculotter ?

Roméo

Ô mon pain frais ! Ces rien à foutre d'immigrés ne se rincent pas la
gueule comme je le fais avec la broue de la poudre de la Petite
vache.

Juliette

Moi-même, par rapport à l'un deux, je ne suis pas apâmie de son
cas d'aventure et d'accès aux pourtours de notre société. Il a attaché sa poule à sa vessie, la noire qui plafonne dans sa burka.
Ah Seigneur ! J'aime autant que tu t'abattes à l'endroit convenu au
bout de ton nez et que tu picquases ma poussette. C'est plutôt
bizarre. Mais je suis affreusement désolée ou un truc pareil que tu
ne mettes pas des bâtons dans les roues à ce régime oppressif de
nos anti Glorieux.

Roméo

Mon cacou ! Mon mamamour ! Veux-tu que je casse drette-là dans
la télé cette direction opposée à tout progrès de nos standards ?
Pour ma part, je n'en peux plus de boire verbalement et à l'oral des
paroles qui sont sans aura, pas repapillotantes voire mourantes pour
ta Sainte-Anne ?

Juliette

Entendu ! Mais ne donne avant à tes locuteurs ni à manger ni à
boire. Parle-leur personnellement des mots en trop par mots
couverts !

Roméo

Ah, cher boogie-woogie d'amour ! Je vais tenir parole et parler à la
lune avec un poil sur la langue étant carré ton tari préféré ! Lève
dans mon optique ton bras gauche avec limpidité. Je veux me péné-
trer des odeurs de tes fruits de saison avancés. Ça va m'apincher,

départager à propos ma responsabilité, et, calmer mon humeur si je deviens disfonctionnel sous ton sweet-shirt. Pour parler peu et à peine à mi-voix, je vais susurrer et après zozoter par les avantages correspondants à ta pilosité. Au bout du compte, ma fiole de mafioso sera solennellement d'autant plus crédible que mes narines rapporteront aussi, pour cette question orale, les vaporements emberluticotés du pommier sous ton sling. D'autre part, moi-même, les yeux cernés de ma picoser la queue en faisant faire des tours d'hélice à mes moignons, je n'ai plus la sagesse d'attendre la cuisson publique et l'arrivée par lots de nos corgnolons de hot-dogs. Je tiens à retrouver mon autorité. J'en pisserais dru drette-là comme après nos procédures et devoirs de fidélité.

Juliette

Dieu merci mademoiselle ! Évitons le drame galvanisateur de mon macaron chauvin et patriote ! Nous sommes accasés à terre d'attendre au plus matin votre batelée de hodos suivie en sus d'un long dos à cheval de patate.

Roméo

Quant à la justice ! Coco ! Par ma force d'homme agréé et besogneux, je vais à l'instant dégager ce mal au téléphone. Ces deux, et l'autre deux-deux godelureaux qui babinent tant et tant au bord d'un précipice. J'en perds la carte. Pauvre homme, je perds à la folie fougue et excitation de faire muer ces indigènes, fort bien rémunérés.

Juliette

Mon chou ! Si tu veux un conseil haut la main pour débarboter cette jeune âme. Sers-toi, par ton petit doigt - pardon par ton petit orteil ! - de ton art de mettre cette gamine au parfum. Montre-lui comment tu pèles et rêpes à la sueur de ton front des épluchures de carotte. Montre-lui avec ta peau parcheminée et tissus conjonctifs le but de ces deux extrêmes : soit en premier, celui d'un hodo turgescent marbré de moutarde, et suivi, avec champignons ou grains de beauté, d'un deuxième, un autre hodo turgescent terrible, confondu avec habileté dans une mer de moutarde et de relish.

♪♫

Roméo

Mais ce n'est pas le temps, ma beurrée hardie. Regarde en haleine et par pitié l'autre éreinté ! Cette arbalète qui souffre d'impétigo comme le nôtre passe une minute ou deux sur une civière trop large pour ses troubles de jugement. Ho ce crisse-là ! Un tuedieu ronchonneux qui fait l'expérience des dommages à la journée.

Juliette

Comme qui ?

Roméo

Attends, attends ma pitoune ! Attends, juste une minute comme quand je te corbine en quinconce ! À ce untel-ci qui ne paie pas cher notre propre victoire, je vais lui garrocher la palette collante autour du trou de notre vieille bécosse. Moué les aiglefins, repêchés de n'importe pays effronté, me poignardent au cœur autant que de voir, débordant des règlements, un molosse payant sur os ses pots cassés. Ah mon âme, mi corazon ! Trouve une solution à travers les irruptions de ta peau brillante ! Nous sommes en aucun cas surpayés que ces pioupous, nos Glorieux, ne rayonnent même pas par le bateau-pompe du bon français.

Juliette

Cher bateleur d'étoiles ! Tu me réveilles les sens là de fric et froc. Mais moué-là, les deux catis qui patinent à l'aveugle comme nos géniteurs je les enverrais jouer avec leurs matantes en Russie soviétisée.

Roméo

Dans ce continent coincé où du monde rocambolesque avant de se défunter dans la farine font des économies pour manger leurs rognons brûlés.

Juliette

Mais regard' là! Regard' l'autre, mon ange! Là, là, de l'autre bord! Vas-tu intervenir malgré tes dermites et lui dévoiler ta pensée?

Roméo

Tu parles comme lorsque tu broies des piments, du numéro quatre acertanné en deux ? Celui-là comme ton pépère qui limite la modernité de son mobilier à l'époque de son téléphone à cadran ?

Juliette

Je comprends. Avec les mêmes tumeurs de peau que les miennes, il ne voit plus le pays perdu dans le creuset du beau monde. Non mais regarde l'autre, né dans son pays de Cocagne ! C'est encore et encore les deux, le deux et le deux-deux, le bitch !

Roméo

Le gentleman langoureux et astral dont tu me parlais dans le taxi en le comparant à de la fine fleur d'oranger granuleuse ? C'est à mécroire mais personnellement il me bat les joues avec sa cravate irritante qui sent quatre fois le poisson superposé sur un autre de sa région maritime. Quand je pense, en basse justice, qu'il y a des rabats joie, les bras levés devant un graphique au sujet des causes des démangeaisons pendant les rapports, qui partiraient en famille avec ces mautalents. Ah, ces in à plusieurs syllabes ! Aux corps muqueux en nature et pas scalpés pour faire monter à la tête ! Non, non ! Sculptés à des fins de dédoublement de personnalité.

Juliette

Ouais, mon chaton bon jusqu'aux tendons ! Lui, tel que je te l'ai déjà précisé cent fois avec un œil assassin, c'est un faux roast-beef. Une bourriche pour lequel je me bouchonnerais le groin avant de lui offrir en mode hybride mon garde-manger. Il flipe insécure comme toi-même dans un garden-party. Il ne frappe pas le puck sur les oignons des cuculs, soit sur nos ennemis de dos et de face. Tu devines ce que je te dis, mon canard ? Alors dis leur, avec mes pensées fusionnelles, que tu ne vas pas chômer à les traiter de genre chichuahua. La même bête au sens figuré d'une ville pas agricole que celle d'une duchesse ! L'inverse, avec ses belles fesses, du jour et de la nuit.

Roméo

Y'en a des baquets morveux et en céramique, fabriqués à cheval, et qui sont parachutés sans notre permission dans notre garde-robe et entre nos commodités. J'en perds nombre de cacous et poutous tendres à te faire sans puanteur de mes babines. Je dis d'eux, de ces deux-deux bassets, de ces deux qui s'avèrent des maupiteux et mésarvenances que ce sont des antidotes d'un Québec prodige par rapport à notre extrême ouverture. Il n'y a que des Québécois de souche qui bravent le changement d'heure faisant place à plus d'obscurité.

Juliette

C'est pas disable. Il y en a donc des amanchures à qui je leur ferais perdre connaissance comme à ton chat noir exubérant qui cille des yeux pour sa chatte et sa souris grise.

Roméo

T'inquiète pas, mon lapinot ! J'ai étranglé le tien en me levant agressif ce matin. Tu le savais, chérie ? Toi qui ferres les mouches et cigales sur nos géraniums ? Tu peux faire une croix sur ton bélial biscornu, ton cancrelat à longue queue. Je l'ai pendu au summum en forme de tourniquet sur la corde à linge. Ça c'est le côté utile de ton homme qui vit de mollesse sur de nombreux théâtre d'opérations. J'en ai encore du sang jusqu'aux ongles de pieds. Et veux-tu assavoir ? J'étais tanné de refouler ma brutalité jusqu'au moment en commun de notre extrême onction. J'ai toujours détesté les limaçons qui ne se rangent pas vite en sens opposé.

Juliette

Pauvre pitou sensible ! Tu as bien fait mon kiki. Moi-même, j'ai égratigné cent fois ton choléra de poisson rouge avec mon râteau. Mes assauts, tu sais mon toto de quoi on souffre ? C'est pour qu'il se range devant l'ouverture de notre grand fleuve.

Roméo

Manquablement, c'est pour ça que ne voyais plus tourner en rond futuriste ce puissant amour à tant et tant.

♪♫

Roméo

Sais-tu si le verrat de Canadien y'ont fait un but aux pieds de la foule depuis qu'ils sont bivalents ? Une journée, pendant qu'ils dodinent au vent, ils se font rincer et démolir comme des flamiches; le lendemain, ils n'ont pas de corps mais les jambes molles. Un psy dirait par expérience, tout en dédicaçant sa carte d'affaire au cours d'une party de Noël, que ces tartes aux poireaux mêlent la farine et les œufs avec leur face la plus longue. Ah les moseus à deux têtes névropathiques ! Je les vois étendus sur la glace infiniment. Jusqu'en mai et ses essences de fleurs ! Si j'étais la ministre Libellule de notre gouvernement qui ni ne dort ni dîne.

Juliette

Justement, j'm'endais si un torvisse d'enseignant-chercheur ou un député sur la sellette avait à son programme de faire scorer le plus gros paquet des deux numéros deux de nos Glorieux. Que je serais heureuse d'applaudir de la beauté de cette nouvelle de vingt-deux heures. Positivement, ça viendrait aux oreilles de tout le Québec.

Roméo

En premier de celles de la super annonceuse sportive qui baisse, dit-on, ses oreilles pour faire fondre dans une pièce-à-côté du studio l'annonceur intellectuel plus ou moins passable. Celui qui présente à genoux, sur un coussin en bois, ses infos plates au sujet des pilules et de leurs causes désastreuses ? Dire qu'on a jamais fait un film ordinaire relatif à mes performances !

♪♫

Juliette

Amour ! Tu dors depuis une heure sur mes genoux sans dire un mot. As-tu eu ton lavage d'estomac ? Tes sels de cuivre ? Tes empoisonnements médicamenteux ? quelconque ?

Roméo

Ma chérie, ma rosette ! Revenons à notre réalité formée considérablement de tonnes de krill ! Que dirais-tu que je fasse en urgence de la lumière à notre serveuse hypertendue pour rien ? Cet enfant stresse de n'oublier jamais jusqu'à la peau de son crâne et des limites de ses griffes de petite chatte la défaite de nos Glorieux. Je vais lui parler comment je lui donnerais un coup d'épaule sans pousser du coude ou du genou.

Juliette

Genre ? Comme celle que tu emploies avec un ridicule apparent à partir d'une sentence-fleuve de Cicéron ?

Roméo

Exact, mais en beaucoup plus bref ! Je lui dirais en mots latins que tu comprends : ad litteram, rule, Britania !

Juliette

Mais vieille rondelle ! Arrête de me faire des chatous me mettant à la torture pendant son quart de travail. Déjà que j'ai le tract de sentir, sans ambages, l'arthrite extrinsèque et les entorses de nos Glorieux.

Roméo

Mais à la place, ma pépée ! Veux-tu que je rote avec doigté d'une langue de vipère ? Veux-tu que j'enchérisse et que je discute et que j'écume avec cette jeune biche le ventre vide, pendant une pérennité, le temps d'une talle de punitions de nos Canadiens ?

Roméo

Encore la vache ! Là, j'exsude tabarnak. Y sont une vraie chiotte depuis que nos Glorieux, notre carré de barbeaux de nulle part, ne se pratiquent plus en cercle à la maison.

118

Juliette

Ouen ! C'est quoi leur formation en bobsleigh qui nous tanne ? Hein mon Bismarck ?Tu ne dis rien ? Dans ces conditions qu'à cela tienne ! Je tempête avec l'esprit des ténèbres et si on me demande d'en faire plus pour eux en dansant avec toi le pas croisé.

Roméo

Je te passe la remarque, ma petite crotte, que ce sont à cent pour cent des gros jambons. Des brackets vert-de-gris qui ne sont pas nés d'origine oxydée. Rien que par le langage gestuel, l'on comprend, par affinité de nos lèvres, qu'ils ont les fesses dans du tergal et qu'ils mâchent nos toasts.

Roméo et Juliette

Goo goo nos cow-boys ! Na na na, na na na, goo goo habs. Goo goo nos cow-boys ! Na na na, na na na, goo goo habs. Goo goo les cornes !

♪♫

Juliette

Waouach ! Nos soupçons de Glorieux ont perdu de nouveau. À des fins d'instruction pieuse pour les tintouins comme toi et de leurs fans comme j'en suis, je t'invite à fendre avec une hache la télé et ses reprises timbrées en file.

Roméo

Ça sera pas long, mon chou. Attends, attends ! Tu vas voir monsieur Popeye et la beauté ventilée de mes torsions de coude. Je te ménage une surprise ma tourterelle.

Juliette

Dire que je n'ai jamais eu besoin d'apprendre par cœur ton curriculum vitæ.

♪♫

Roméo

Dis donc chère volupté ! En parlant d'agrégats et de canalisation ! Et de béton aérien ! Si tu m'élevais jusqu'à mon dernier jour au rang d'un académicien flamblant neuf !

Juliette

Un up to date ? En bon français, n'est-ce pas ? Comme en France et son oxygnène ? Prise par magnésium, germanium et americanium ?

Roméo

Belle disciple ! Tu as tout du bon dans l'ordre des mots qui montrent du pic et de la pioche. Ah Seigneur ! Je te verrais bien sur un canapé prendre du ventre d'un cric et d'un cran afin d'apaiser tes fonctions de nutrition. Je pense à ton foyer des artistes débouché à belles dents comme je le ferais en bolchévique !

Roméo et Juliette

Goo goo ! Na na na, na na na, goo goo habs. Goo goo ! Na na na, na na na, goo goo habs.

♪♫

Juliette

Mais oh oh là ! Regarde là la perruche. Le vois-tu, ce pousse-au-crime ?

Roméo

Barbe-bleu ! Le chausson hors du nid d'abeilles de sa Roumanie ?

Juliette

Une fois assise sur mon repose-fesses, je n'en ferais pas au chant du coq mon prospect à qui exhiber le sérum de ma quiétude.

Roméo

Ah le gratin cosmopolite ! Tu sais que ce n'est pas un évolutionniste et pareil à Jésus, il fait gaffe sur gaffe avec les gros nombres écrits en romain.

Juliette

Ce n'est pas une raison d'exemption. Sans étude d'esprit, il ne voit pas le temps passé. Tiens, sainte bénite ! Regarde ! Regarde le, ce cobra, dans sa combinaison de cancre physique. Il me fait rejeter à l'état gazeux de la bile et du ripolin par le nez. Tu te rappelles mon trafic d'influence sur toi ?

Roméo

J'imagine cette mauvaiseté. J'en suis chagrin sans rajouter un ensemble de mots rares. Mais regarde, regarde encore le deux, et, l'autre, le deux dux de lourdeau, qui vient de se faire couper la tête par l'autre deux-deux entre les deux ?

Juliette

Ah le deux-deux canaille et ce deux-deux d'origine d'un père absent de nos douleurs muettes ! Visiblement ! Peste en la matière ! Peste sans arrêt aux deux-deux.

Roméo

Ouais, les canassons par grand fonds de leur organe ! Moi-même, je préfère faire la vache enjouée de voir ces deux maussades en train de se poigner jusqu'au tombeau avec notre gros pepsi.

Juliette

Avec notre bon soixante-neuf ? Celui qui porte un chandail sans manches et muni d'un dispositif d'engrenages, de courroies et d'une pompe ?

Roméo

Ce n'est pas une plaisanterie. Ne blablates tout seul, ma libidine d'amour ! Ces deux barboteux, nourris au sein d'une nurse parasexuelle, me donnent la chair de poule et le langage des fleurs débouquettées.

Juliette

J'espère que de bons journalistes mélancolieux, acrimonieux et excentriques ne se tourneront pas devant ça les jambes à l'horizontal. Ah que ça me choque à travers mes dentrites ce prurit de tension, ces gaumés. Ces marioles formant une guirlande quoi !

Roméo

Ô ma chènevotte ! Personnellement, cet tableau et sa telle forme me choque autant que la dette flottante et entrappée du Québec. Ça me choque dur dès potron-minet. Tu imagines ces électrons qu'on appauplit par liaisons et parenté avec notre sport ? Tu imagines ? Que ce genre de leur virilisation me démangesonne et m'empêche de dominer sur la glace.

Juliette

Et dans mon cas, tu veux le savoir ? Ce qui me choque au maximum jusqu'à mon muretin que tu connais. Ah si j'avais comme Jésus les pieds à l'air et ondoyant avec impudeur sous le nez d'un amoureux ! Au moins par ma jambe la moins déglinguée.

Roméo

Mets-en ! Imagine ! Gêne-toué pas ! Imagine ! Appelle ton ex-chum de fille qui n'est plus une mécanique merveillable et pendulatoire. Dis-lui, par tes frottements accélérés au téléphone, qu'elle passe et prenne, en rampant sur sa chaîne de montagnes, sa pilule dans son verre de grand-maman immangeable. Appelle chose aussi pendant ses ferveurs communicatives au sujet de ses gastros ! Chose le grisonné-truité. Le chose-bine au finish qui danse comme une broche le mambo pendant son émission en ligne ouverte à la radio. Je te remarque que toi aussi tu danses avec moi en t'adonnant à la poésie et à ses béquillew. Dis-y à ton Alain L. que tu vas mettre à vif ta mitaine personnelle de québécoise sur la margoulette des ses deux.

Juliette

Ouen ! Je suis donc tannée de me faire de la pression avec des fers à pince sur le ventre pour que ces rossignols nous fassent des vagues explicites de slap shottes.

♪♫

Roméo

Aujourd'hui, ma poulette, on a ben faite de prendre pour ma journée de congé hors saison mon nouveau char décapotable. Sais-tu ? Parce que je n'ai pas un bon crédit, je l'ai payé sans conditions deux fois plus cher qu'une plante carnivore.

Juliette

Tu peux le dire bigrement. Mais même si tu es un dominateur pour me faire acheter des fleurs opportunes, j'ai eu du flair de ne pas stimuler sous le volant ta traquette et l'amener usuellement à lavenvole. Ton membre amphibien m'eut estiquée de nouveau jusqu'à la gorge dans un fossé méphitique et vipérin. Ton bouillon de petit vieux et sa poudre de rhubarbe m'auraient propulser à paraître et à m'obstiner devant Dieu.

Roméo

Mais ! Ô amour divin ! Chère enferrée ! Que c'était donc beau entre la neige bien apprêtée, blanche, entre les lignes croches des bancs de neige. Pour faire chic, j'ai pris en japonais jusqu'au plafond de l'auto des photos à la pelle de tes beaux sexy.

Juliette

Ô cher évaporé ! Il est vrai que le paysage rondelet et nos vieilles montagnes formées de taille de guêpes roulaient de plaisir et de bonheur par un incessant roulé-boulé. Que voilà aussi des prés joliment gracieux, étourdis, au régime, et, qui sont en raccord par tous leurs organes à s'enclaver sous nos yeux les uns dans les autres.

Roméo et Juliette

De montagnes en rivières, de dunes en buissons, de granges en fermes, de beurre blanc en pâtisseries au beurre, des croupes des bêtes qui s'emberluticotent entre poitrails des veaux, vaches, cochons, moutons, bisons, ce voyage nous a fourni le pinceau d'un esprit large.

Ô mademoiselle ! Nous n'avons décodé nulle fausse sortie des éléments décoratifs du paysage. L'âme de Dieu, cette âme tortillée de notre délicieuse contrée, s'agite du théâtre e la saveur de nos ancêtres

♪♫

Juliette

Je suis contente pour une chotte. Ce n'était pas plate à mort comme lorsqu'on s'attend, du lundi au dimanche, à faire pour les arts des beaux petits québécois, dans la mémême position, régulièrement entamée.

Roméo

Mais une chance pour nos fesses et la stabilité de nos osselets qu'on n'a pas roulé avec ta boîte à poux qui sent un groupe de cobras et d'araignées. Ton détriment ambulant dont les essieux sont attachés avec des boulons en nylon perçoit le froid avec ses tuyaux de castor. Même fichus de burka, tes miroirs sont imbibés de gaz de ville en schiste. Ce char cousu de fil blanc inaudible a trois roues dans la tombe. Son seul siège végétal est imprégné de la bibitte que tu as écrasée entre les noix de tes genoux. Ô mon poulet ! Sans civilité, et autre opération compliquée, il faut s'accoter sur quelqu'un qui perce les oreilles avec ses nerfs mixtes et sa défense du Québec. pour peser et se lover sur la pédale. Ô bonasse que je suis ! Quand bien même que j'aurais la cruauté de me tortiller à toute force ma moustache de prince, ton ostrogoth impérial de char ne saute pas les barres parallèles. Ses odeurs sui generis ne nous donnent pas à manger et à filer au large avec les objets de notre curiosité.

Juliette

Je le sais, mon pleuma. Ça me résonne fameusement. C'est toué mon garçon de salle qui m'a vendu ton pot de chambre éclopé tout en me trimant à plat et à frac sous la douche téléphone. Ô la cabossée que je suis entre toute la brigade de Sainte-Anne.

Roméo

Mais foire de ton charivari ! Simple de clarté ! Je te l'avais dit d'une dent, derrière les oreilles. Quant à l'auto que j'ai nippée avec une hache de sapeur, je m'en étais servi les jours impairs pour semer la ruine chez les premiers venus qui fragilisent les ficelles de notre contrée. Autrement, par à l'agencement des décorations de Noël, j'y ai rajouté home made ton moteur de vieille machine à laver. Bon, bon ! Sur ce ! Vu que nos Glorieux Canadiens ont ruiné les espoirs de quelqu'un, si on allait en spartiate notre petit chemin ?

Juliette

Sans la chaleur, la composition, l'orfèvrerie d'un hodo ?

Roméo

On oublie notre fièvre de lait et de ramper pour les hodos. Mademoiselle a perdu la carte au téléphone.

♪♫

Juliette

T'es fin. T'es-tu fin avec ton coco et à cause de tes résultats honnêtes. Ce n'est pas nourrissant mais ça relance plus avant, plus creux.

Roméo

Ah cher cyclone. J'ai l'œil pour les grandes souffrances par lesquelles l'on peut faire passer entre ses pouces un fil d'araignée d'une grandeur inimaginable. Notre petite cocotte de serveuse, cette jeune âme sensible, braille comme un chow-chow. Quelle démonstration de sa pépeine ! J'en suis dérangé directement jusqu'à mi-cuisse, un flux de paroles et ses variantes. Jusqu'au cabinet, par conséquent.

Juliette

Mon beau Hans ! C'est la faute aux Canadiens embocqués qui l'ont contaminée par leurs mauvaises parties.

Roméo

Ouais ! Je le sais. Néanmoins, à compter de minuit, nos Glorieux vont mordre à l'enseignement du golf. Sur ça, mon ti'canard. Mon kiwi ! Si on allait tester nos courbes de températures et tirer vanité de nos impulsions entre le mobilier et le mitan de notre art du récitatif.

Juliette

J'y avais pensé mais il y a eu toute une câlicée de bordée de neige sur les deux côtés de la route et au-dessus du lit du vent. Comment veux-tu que je lève les pattes ?

Roméo

C'est vrai qu'il a neigé en baba, et, même jusque par-dessus la cuvette de n'importe quel petit coin où les bêtes paissent.

♫♫

Juliette

À la serveuse

Mademoiselle ! Mademoiselle ! Est-ce qu'on peut vous afférir de que ? De quoi qu'on voulait de quoi ? Sans vous embrasser de la gelée blanche qui sort comme une couleuvre vipérine de ma bouche.

Roméo

Belle petite porcelaine bleu, blan, rouge ! Ne coulez pas des jours malheureux en raison de la pomme écrapoutie de nos Glorieux. Ils mettent bas avec l'âge.

Juliette

Prenez liberté de vous taper le ventre, comme dans une chanson à succès, les portes fermées. Oubliez le cercle doré du récit de vos souffrances et de la vision insalubre de nos Glorieux.

Roméo

Ho ho, hé hé, ho ho ha ha, mademoiselle ! Ho beau brin prisé mis en difficulté par tant de colichemardes humorales de nos Glorieux, allergiques à gymnastique de notre poésie ! Voilà ! Ma félicité, ci-présente et moi-même, sommes décidés à prendre votre addition en pure perte.

Juliette

Comme chou sur chou dormant sur leurs deux oreilles.

Roméo et Juliette

Allez, allez! Goo goo! Na na na, na na na, goo goo habs. Goo goo! Na na na, na na na, goo goo habs.

Juliette

Imaginez chérie! Ce qui finit d'arriver de matériel sûr après la torture.

Roméo et Juliette

Songez douce langoustine ! Notre décision de vous payer par ce langage d'une belle allure n'est pas lucrative.

Juliette

Or à cette échelle, mademoiselle, ne vous jette-t-on pas à terre par ce renseignement ?

Roméo

En effet, soute de toudieu en charipe ! Il me semble que si l'on vous remuait tripes et boyaux autant qu'au moins deux ou trois évangélistes sur quatre qui ont ravi la petite reine du ciel.

Juliette

De fait, voici au dire d'experts ! La question. La question de ma Sainte-Anne.

Roméo

Voici la question ou sonde à beurre. Auriez-vous à la fin finale le nerf circonflexe qui vous permettrait de remuer un stylo ?

Roméo

Nous attendons exprès genre une addition déraisonnable pour laquelle nous nous perdrons fortune moyenne.

Juliette

Autant que faire se peut, on va se racler les poils du nez pendant que folle-folle vous nous préparerez l'addition factice de vos hodos.

Roméo

Signes des temps. Nous connaissons le parti pris de reprendre équilibre par la présence d'une personne particulière.

♫♫

La serveuse apporte une addition mouillée, deux bols de soupe et des téléphones.

Roméo

Ah mon edelweis ! Ma chère grille-bise ! Ah mon petit cœur ciel bleu ! Sens-là à vau-l'eau sa capiteuse de soupe. Oh que ses odeurs mélangées de légumes et de lettres disparates formeront entre nos bats-flancs un poids lourd de quelques livres exemplaires pour les restaurateurs anti-diarrhéiques. Pour ceux qui ne sont pas dans le coma de notre culture ou seulement bronzés.

Juliette

Chéri ! Ne faisons pas en sirotant ce qui est renversé de la littérature au-delà des lignes du bien parler ! Mademoiselle, mademoiselle au joli combiné de soutien-gorge sans gaine !

Roméo

Noble petit pruneau ! Résumons à vif ! En déclamatoire !

126

Juliette

Écoutez mon lapinot ! Vous tapez-vous sur le ventre avant de donner votre langue au chat ? Si vous ne connaissez pas la Ville éternelle, vous nous connaîtrez mal.

Roméo

Voilà, voilà ! C'est ça la culture qui nous retient d'éternuer.

Juliette

De fait, il s'agit de notre consensus par lequel nous ne crachons pas dans la soupe maison. Nous vous en exprimons notre reconnaissance de gens lettrés et etéchétéra.

Roméo

Ah !Boulettes de mes deux épâmies ! Votre soupe, présentée cette fois-ci à raz bord en deux bols d'une livre sterling, relève, éclaire et talonne d'un pouce les touristes louftingue venant se pendre par les grands fonds de la bathysphère du Québec. Or nous-mêmes, tout en jaunissant sur place, sommes motivés autant que vous-même par le saindoux et le battage de notre bonne éducation. Et ses fétus, brins de paille universels !

Juliette

Dites, ma tourterelle ! Ô tendre cerise rouge dont les yeux sous peu seront scellés par les regards d'un amoureux éterni, décapé du chapeau et sous anesthésique.

Roméo

Petit chou émotif, ancré au téléphone ! Gâteau pour gâteau. Vous êtes un coco à serrer très fort par votre fine taille à mécroire.

Roméo et Juliette

Nous vous disons merci sans frasque pétafneuse.

Roméo

Dites ! Vous vous intéressez à l'occultisme ?

Juliette

Vous nous intéressez à la médecine empirique d'un vieux croûton sous la douche ?

Roméo

Autrement, vous vous intéressez à notre marine et au départ de ses branches ?

Juliette

Au fait, votre soupe pour lettrés a combien de lettres de A à Z formées d'un mot qui tient au chaud dans le creux d'une cuillère ? Dis en toute justice, petit amour !

Roméo

Chère hirondelle agréablement ripée. Nous sommes venus au monde non pas sur une aiguille trotteuse mais sur le zeste sans pucerons de notre culture nationale. Or c'est cela aussi notre thérapeutique.

♫♫

Juliette

À Roméo qui nourrit Juliette à la cuiller.

Bonté générale ! Sers-m'en de sa soupe d'une clapée à une autre plutôt que de conter du chinois à la volée à cette jeune âme. Hé barnike !

Go go, na na na… Allez, allez ! Goo goo ! Na na na, na na na, goo goo habs. Goo goo ! Na na na, na na na, goo goo habs.

Allez mon amoureux ginguant ! Déguédine ! Redéguédine ! Déguédine ! Redéguédine !

Accule-moi à manger en même temps que toi. Ça nous évitera le ridicule de lutter en public entre le bien et le mal de notre langue française.

Hé barnike! Go go, na na na… Mais déguédine ou pas! Déguédine! Redéguédine! Déguédine! Redéguédine! Mais déguédine donc ou pas!

Je m'en fous qu'il y ait des dégâts sur ma bavette.

Roméo

Trésor ! Relaxe ! Je ne tiens pas à ce que ton ventre de biche, bientôt rond comme la la bonne Sainte-Anne, se contente d'une beurrée de beurre. Au cabinet de ton urologue, pendant une inter-view, ça te donnerait qu'une petite voix désincarnée.

Roméo

Dis hmmmm, hmmmmmmmmmmm ! Dis hmmmm, hmmmmmmmmmm !

Juliette

Je dis hmmmm, hmmmmmmmmmm ! C'est bon en ta. Elle est bonne la soupe tiripillée de lettres en pâte.

Je redis hmmmm, hmmmmmmmmmm ! Elle est sensipotée cette soupe.

Ah ! Quel semi-produit préfabriqué dans les cordes sensibles du Québec et servi par ton attention à l'autre sexe.

Je dis hmmmm, hmmmmmmmmmm ! en ta de ta.

♫♫

Juliette

O. k. O. k, mon nounou. Je vais lui rapporter mes compliments entre deux temps morts. Deux insufflations! Deux, deux cuillerées!

Roméo

Bijou ! Cher bijou à mon gré ! Laisse faire la mèche et la peluche de tes remerciements. Ce n'est pas le temps pour germer ici. Tu entends les sons de pique-bœufs du bateau ? Notre transport non fictif fait dix, onze, douze tours des deux cercles polaires à la minute. D'une vague insupportable à l'autre, le capitaine, un courageux manchot, pompé à l'insuline mais tout en larmes pour son amoureuse qui pirouette mal-en-point sur les glaces du fleuve pitonne des S. O. S au téléphone.

Juliette

Que c'est malgracieux et malencontreux les influences de l'infini qui nous rapprochent par petites fibres et espérances fibromateuses.

Roméo

Ô grue de grue ! Vive les progrès depuis l'égyptologie ! Je vais demander à cette jeune âme si elle charge et télécharge le vidéo tourné sur le store de notre hublot. On verrait l'élastine du store qui se déguédine, déguédine ! redéguédine ! déguédine ! redéguédine ! Nous serions plus rassurés sur les accroire de notre bonheur de cœur qui survit. Survit...

Juliette

Mais déguédine de tes deux clochettes ! Il ne faudrait pas qu'on manque l'échelle escamotable pour entrer sur le dos, main dans la main, dans la cale du bateau. Si tu n'es pas capable, vu tes yeux bandés sur mon cochevis - alouette - demande à cette jolie âme. Cette belle âme en Dieu et qui sait clapoter et communiquer en comble au au téléphone.

Roméo

Tu as raison. Ouen ! Quelle sortie ! Quel coup de théâtre !

Roméo

Sais-tu, mon beau bébé, qu'on a ben fait de prendre mon nouveau char décapotable ?

Juliette

Ne me reparle pas de ton engin. Ce n'est pas le temps. Mais réfléchis à ma satisfaction. Avec quelle bouée de sauvetage vas tu me flatrer par les fesses pour monter l'échelle à incendie de ce ferry larmoyant qui ballotte sur la glace.

Roméo

Avec toute mon âme, mon cœur. Toute de patience de... En se collant les fesses comme dans du pain de ménage carré de derrière, et, tout arrondi devant par un esprit de feu et de ratine.

Juliette

Mademoiselle ! Ô Plus que parfait croissant en cœur !

Roméo

Beau petit minou ! Savez-vous auxquelles personnes inégalables ici'd'ans qui forment un duo et un trio entre nous ? Nous vous remercions de votre culture plus expressive que la n^tre au téléphone. En espérant que vous serez patraque et en pâmoison de nous revoir l'an prochain ne serait-ce qu'en imagination.

Juliette

Crémone ! C'est drôle. Je me de mandais la même affaire.

Roméo et Juliette

On a donc fait un beau voyage. On a des connections, certain. On pense pareil en aligné.

Roméo

Sais-tu que c'est une énième bonn'affaire. Hé que je fitte ben, ma cocotte, dans ton petit salon des arts littéraires appliqués.

Ah votre coeur rosée, votre coeur rose, votre coeur éclatant !

Prétexte dramatique

> *Un jour revenant de Capchicot, pour rentrer à Nérac, le Roi vit, sur la lande de Durance, petit bourg qui garde encore des vestiges de fortifications, une pastoure à l'œil vif et à la tournure accorte. Il fit signe à l'un de ses affidés, et puis continua sa route vers Barbaste, laissant Durance sur sa droite. Le lendemain, lorsque la pastoure, baignée, savonnée, décrassée, peignée, pommadée, parfumée et vêtue de riches atours, lui fut amenée, le Roi demanda qu'elle était cette jeune fille, et quand on lui répondit : "c'est celle que Votre majesté a daigné remarquer hier, sur la lande"*
> *Les malheureux ! s'écria-t-il, en levant les bras. Ils me l'ont gâtée !*
>
> BARON HAUSSMANN,
> *Mémoires, Le Seuil, 2010*

Cette scène est extraite de ma tragédie comédie

Puisque c'est bon, j'ai le béguin pour des nouvelles.

Le personnage de Roméo dans cette scène se dédouble de personnalité. Pour lors, il y a donc un Roméo I et un Roméo II.

Roméo 1

Ô chère amie ! De tous les amants parfaits, je vous donnerai cent fois la preuve que je possède ce don accordé à l'amour d'avoir la même morale que notre seigneur rossignol.

Juliette

Ô la meilleure âme ! Mon cœur défaille que vous soyez tout uni par vos dispositions intérieures au si bon caractère de ce fantassin des cieux.

Roméo 1

Ô maîtresse, ma dame ! C'est une vie sans mort que cet écuyer céleste puisse s'envoler parmi les roses au milieu des branches de cnyza puis placer dans son bec pour son épouse des vers tout doux.

Juliette

Ah ! Comme vos confidences révèlent votre art d'analyser avec une précision extrême votre nature pittoresque, chef d'œuvre d'introspection.

Roméo 1

Ô ma mignotte ! C'est grande merveille. Mon sang est embrassé par ce récit sincère que cette créature ailée vous rapporte que les faits de mon cœur le plus droit.

Juliette

Ah ! La vraie bonne âme qui se jette à mes pieds ! Quelle sensibilité passionnée ! Toute la terre et ses sommets remplis de beaux fruits sont à elle. Mon ami ! Vos paroles font aussi chanter chaque arbre autant qu'il y a d'oisillons autour des bergers et dans les vergers.

♫♫♫♫

Roméo 2

Ô ma dulcinée ! Égorgerais-je un bœuf ce ne serait que pour vous préparer un dîner.

Juliette

Ô quel dîner !

Roméo 2

Et cette chose encore. Sachez que je ne respire et vibre que tel la perruche qui a sang chaud de nourrir sa compagne de vers blancs et de papillons des îles de Salomon.

Juliette

Ô mon ami si touchant !

Roméo 2

Ah, ma bonne muse et lyre. Saisissez ma main avant que la terre outragée de tornades et d'outrecuidances épineuses m'emporte. Le soleil en aura pour votre demeure de plaisance des paillettes d'or pourvues de la même parfaite perfection que celle qui joint les boutons de vos seins. Ah ! Vive ! Vive ce jour et ce firmament, protecteur de notre destinée, tandis que vous me voyiez pensif et languir de suspendre mes lèvres à vos pieds les plus tendres.

Juliette

Ô ce tourbillon de votre âme qui fait tourner le mouvement perpétuel du fond de l'air en un fleuve d'effusions, de ravissements et de soupirs d'extases !

Roméo 2

Ô par la providence ! Tout me parle de vous. Ces merles gras qui s'élancent vers l'éclatante symétrie du gosier de leur blanche colombe. Les abeilles qui mesurent leurs pas aux alentours du chaste disque des fleurs. Les clochettes de vos consonnes et voyelles ! Vos lèvres de pourpre qui enseignent la loi de l'amour confiant ! Ah ! Tenez-moi dans votre gaine qui emporte ma pensée de baiser tous vos éléments. Aussi sachez bien que j'irais plus outre quand ça ne serait que pour incliner par affection votre tête sur cette couche où ce monde primitif reçoit l'existence.

Juliette

Allez, mon bel ami ! L'air est déjà si animé de vos torrents de vie que je ne puis perdre un mot de félicité de ce qui vous va vous outrant.

Roméo 2

Ô venez ! Venez toute et écoutez mon amoureuse prière !

Juliette

Ah, j'entends bien votre filet de voix. Du fruit des fruits, j'en viens à la vie.

Roméo 2

Ô charmante amie ! Mes timides accents ne sont que l'empreinte de ceux du Seigneur Rossignol qui franchit les monts, les collines, passe les ruisseaux, peine chaque jour tout le jour afin de donner pour aliment à sa dame que la chair à nu d'une multitude de pucerons.

Juliette

Ah la bonne âme que je verrais attachée à mon côté ! Dorée comme cire d'abeille !

♫♫♫♫

Roméo 1

Ma bonne amie ! Mon impérissable Vénus nabatéenne ! Plutôt que de vous distraire du bec d'un Tartare à qui le Roi des Rois mettra des freins, écoutez mon hommage de flammes colorées *!*

Juliette

Tudieu, je suis muette de votre adoration et de sa magique saveur balancée par le vent.

Roméo 1

Ah ! J'entends clairement vos paroles qui m'enchantent puisque si près de Dieu elles effleurent tel l'oiseau sur sa fleur le suc de tous vos charmes.

Juliette

Ah ! Faites-moi entendre longuement de votre circulaire !

Roméo 1

Ô mon bouquet d'églantines ! Comme rossignol, ce volatile fabuleux, je veux vous offrir sous la dent toutes les vertus des herbes et des grains que je touche. Aussi les vers que je vous en tresserai en couronne apporteront encore plus de nature pastorale à votre innocence.

Juliette

Ah ! Ce cœur rosé, ce cœur rose, ce cœur éclatant !

♫♫♫♫

Roméo 2

Ô chère amie ! Ô ma divine compagne ! Quel feu que la rosée de mai loge dans toute cette floraison et dans votre buste si pacifique ! On y sent le bonheur du maigrelet volatile qui se fait messager de bonté et de sagesse dès lors qu'il tend à sa gentille compagne des guirlandes d'araignées et de puces.

Juliette

Ô sa compagne, sa langourette doit en être folle.

Roméo 2

C'est qu'il sait parler à l'abdomen de sa dame par le nectar des fleurs vers lequel l'éternel lui aussi a porté ses pas dans la recherche d'une épouse.

Juliette

Ô heureuse que je suis de votre sage discours. Un homme si humanisé et qui sait un petit oiseau si bon juge ne peut être que le meilleur.

Roméo 2

En tout ceci je suis approuvé par les philosophes qui voient sur cette terre des miracles dans tous les parallèles.

♫♫ ♫♫

Roméo 1

Ô mon amie ! Ô lys dans mes pensées ! Allumez vos prunelles ! Sentinelles de l'ouvrage d'une épouse ! Oui dia ! Peste de ce larron ! Pincez-vous l'oreille droite, l'oreille gauche ! L'une et l'autre sont d'une trop belle trempe pour être rompues par des outrages à votre sein. Aussi je vous réclame justice à justice. Entendez avec mes prières communielles mes paroles amènes et courtoises ! Je vous assure sur la tête d'Adam que vous récolterez de ma cour l'héritage de mes terres cent fois plus fertiles que Taureau en Vénus et Mercure conjoints. Ah ! Ma bonne amie ! La vraie vertu ne peut se voir que par vous. Ah, mon accorte amie ! Tendez-moi la main ! Et laissez-moi reprendre le même sifflotement gazouilleur de notre majesté rossignol afin que je joigne pour vous chérir tous les brins de petite paille qui feront un châssis à notre logis.

Juliette

Ah ! Combien votre sentiment a une bonne fin.

Roméo 1

Pour l'amie si belle, c'est l'argument par raison.

Juliette

Ah ! Je sens en songe votre disposition d'esprit qui verse du lait sur la farine et ajoute des fruits dans l'arbre.

Roméo 1

Ah ! Puisque Dieu règne par les bois, c'est tout ce qui vit qui se veut une sublime passion de voler vers votre âme, laiteuse, vive et immaculée.

Juliette

Ah ! Béni vos géniteurs qui vous ont créé d'une pareille âme étincelante !

Il m'est si bon d'entendre que vous sachiez montrer de ce monde le flambeau d'un cœur d'oiseau.

Roméo 1

Et sa fanfare des cinq sens !

Juliette

Ah, mon ami ! J'ai le cœur qui va jouant à merveille de ce conte infini.

Roméo 1

Ô ma bien aimée ! C'est maintenant l'heure de vous faire bercer d'avoir la gorge ronde de mes baisers et chants de ma félicité. Aussi, sans délai, pressez-moi sur votre sein ! Le bouillonnement de mon sang et le feu de mon cervel seront, comme pour la Vénus épousée, un mets de miel de rose entre vos lèvres humides. Vivez mon amour ! Ô vivez, mélodieux follet !

Je ne vous taquine que de l'abondance de l'au-delà.

Juliette

Ô j'entends ce miracle du bon garçon épris de ma faim d'espoirs aimables.

Roméo 1

Ô ma beauté ! Ô ma promise ! De tête en pied, déduisez de mon enveloppe charnelle que je ne possède que la même majesté et parure d'âme du rossignol qui voit le monde du haut portique du ciel. Aussi vous donnerai-je en droit un château pour nid, des jardins et vergers pour vos oasis mystiques et une paix abritée s'étendant jusqu'en Inde. Tous mes États et colonies vous sont déjà ficelés comme fers à vos pieds. Ah ! Cette noblesse de cœur qui m'élève est si sincère et vraie.

Juliette

Ah ! Je suis déjà enchaînée comme les êtres du paradis par les joyaux de vos belles perles et paroles.

Roméo 1

C'est tout ce que dit l'oiseau qu'on entend chanter dès que sa souveraine surgit par une clarté sereine.

Juliette

Ah ! En moi se faufile tant de joie que vous sachiez me parler de notre petit frère de joie rossignol qui avec son bec vermeil jette tant d'enchantements.

Roméo 1

Ah ! Mais c'est que votre cœur vrai, céleste ou humain est ma vraie richesse.

Juliette

Vous me jetez au feu. Vos regards sont médecine dont l'une des branches sied à l'apparat de la noce.

Roméo 1

Ô ma source de vie ! Je vous suis en liesse par un attelage de tous mes petits atomes.

Juliette

Ah, je sens venir ces jours d'un temps délicieux.

Roméo 1

Ô belle du beau divin ! Tout ce que je vois de vous m'enchante. Vos yeux clairs, votre teint fleuri que le rossignol ce clair matin a chanté.

Ah ! Vous faites mourir de bonheur un amant qui s'élève à n'obéir qu'à votre âme. Ô ma bonne amie ! Je veux par mes ressources et mon appointement que vous soyez ma reine. Mon juge le jour du jugement ! Aussi, en aimant la dame la plus accomplie du monde, non par le nombre de jours mais par la droitesse de mon âme, mon repos et ma maison honorables seront cent fois plus incomparables qu'il n'y a de terre, flammes et sable dans l'univers.

Juliette

Et ainsi que l'exige l'amour, vous souffrirez pour moi de n'avoir jamais aucune humeur en sens inverse ?

Roméo 1

Ô ma courtoise et plaisante amie ! Le sage que je vous sais prier appelle à mains jointes que je vous révèle de mes baisers l'extase de mon âme.

Induisez dès lors de nos lèvres unies que rien ne me distrait d'une grande tendresse par laquelle vous pourrez épancher vos suaves ardeurs.

Juliette

Ah ! À partir de ce moment-ci, racontez-moi tout de votre cour ! J'aime mieux tout écouter et épouser le vrai tant l'ouverture de votre âme ne sait être qu'invraisemblable. Ah ! Le charme de ce dénouement ne peut demeurer égal. Ô Ce cœur rosé, ce cœur rose, ce cœur d'un amant qui dit : "Je t'aime."

♫♫♫♫

Roméo 2

Ô mon cœur, ma dame ! Peste de la fourche et du dard de ce démon écervelé !

Ah Jésus Dieu ! Craignez ce siffleur de filles ! Mouchez ce trille ! Ce sinistre courtisan ! Ô vierge, environnée d'honneur. La vie a son mystère. Entrez dans le silence ! Fuyez ce poison des mensonges ! Votre âme y sera enchaînée.

Juliette

Ah ! La rigueur de ce sort fatal me ferait chercher refuge dans l'agonie.

Roméo 2

Ô mon cœur ! Cher amour ! Chacun de vos cheveux; chacun de vos poils et grains de beauté sont l'édifice de mon âme. Ah miséricorde ! Ma misère est de ne posséder qu'une seule âme.

Juliette

Mais c'en est trop mon ami de tout cœur. J'aime mieux être morte si je ne puis être prise de votre franchise que j'aime le plus.

Roméo 2

Ô maîtresse ! Pour un trop parfait amour, vous êtes cet amour.

Ah toure, toure-loure ! C'est que votre cœur rosé, votre cœur rose, votre cœur qui vibre !

♫♫♫♫

Roméo 1

Ô mon cœur ridé ! Ô lâche cognée de coups de tonnerre ! Si j'ai déjà eu des torts ou un vice de l'âme, c'est que je ne susse vous faire embrasser, devant la croix qui nous soutient, plus de mes confidences d'amant pour lesquelles vous êtes la trésorière. Aussi sous la fureur de votre faucille, je saigne de tout le sang que l'humanité verse.

Juliette

C'est donc que vous m'aimez pour plus de douze cycles d'éternité ? Et que vos lèvres inspirées bouillonnent des formules de contemplation ?

Roméo 1

A quoi bon le nier ? Tout dans ce bosquet, plein de merveilleux au milieu de cette nature de rêve, votre figure complaisante, et, toutes vos rotondités assemblées, atteint son but caressant et chevaleresque. Ah ! Votre cœur vrai, qui me met au monde par son doux parler, chantonne qu'il a l'amour au corps. Ô cher dahlia bleu ! Le rossignol lui-même brûle sur son front de poète que de votre imaginative. Ô adorable merveille ! Voyez-vous ce cyprès bien raffermi dans sa course vers le du ciel ? Croyez-moi, adorable fleur humaine ! Pour sa bien-aimée, il dispose à ses pieds d'une couche de narcisses et de dragées d'amandes.

Juliette

Ô je n'ai jamais entendu, en tant de beauté, plus délicats traits d'esprit.
Ah comme votre harpe dit de votre fidélité à votre dame !

Roméo 1

Ma bonne amie ! Vous contemplez; j'y vois notre nid dans les rets du paradis.
Ah, je mets toute ma personne à cette hauteur d'un chant bucolique, notre seule occupation au bonheur de vivre.

Juliette

Ami ! Enfin, je vous ai trouvé. J'entends si bien que vous m'ayez accordé à me dire le vrai tout vif.

Roméo 1

Pour un trop parfait amour, vous êtes cet amour.

Juliette

Oh ! Oh, oh, oh, oh,oh ! Votre cœur rosé, votre cœur rose, votre cœur !

♫♫♫♫

Roméo 2

Ah ! Ma mie ! Vous êtes ma dame ! Le cœur le plus estimable dont toutes les sciences et les dogmes dépendent.

Juliette

Ah ! Heureux sage ! Ah ! Votre cœur rosée, ce cœur rose, ce cœur sans pareil.

♫♫♫♫

Roméo 1

Ô fille d'Ève si belle ! Il n'y a rien de plus caressant que vous dans l'exquis.

Prêtez attention à ce que dit le rossignol en son français. Je vous le dis en vérité. Dans l'entraînement de cette mélodie, j'en suis emporté par l'émotion de m'exposer au grand jour par des lettres pleines d'affection pour vous.

Juliette

Ah ! Votre cœur rosée, ce cœur rose, ce cœur qu'une âme unique pousse dans mon sein.

♫♫♫♫

Les deux Roméo sont aux pieds de Juliette.

Roméo 1

Ô ma bien aimée ! Tout me dit : "Vous m'aimez." L'histoire est donc vraie que vous dirigez sur un pont des arts mille travaux d'Hercule.

Roméo 2

Ma dame, ô ma dame ! Écoutez plutôt ce baume ! Ah ! C'est que vous ayant vue jouer mon sentiment, j'ai été transi.

Roméo 1

Nenni ! Nenni, mon céleste amour ! Vous sentant jouer si bien mon sentiment, je suis transi bien mieux.

Roméo 2

Allons, allons douceur divine ! C'est votre cœur, adroitement dis-tendu qui compose, sans comédie superflue, qu'un dessein tendre, faisant les cieux propices à nos arrangements.

Juliette

Mes amis ! Ô mes amis ! Je suis incitée à tant de générosité tant mon plaisir est de vous savoir attachés à ces valeurs qu'amour ne peut rejeter. De l'un et l'autre, je suis saisie de la récolte de votre cœur. L'un est sans traverses, l'autre sans tempêtes, et, les deux, qui me donnent l'air et la chanson, tendent au grand et obligent aux vastes entreprises.

Ô touchez-là ! Touchez-là !

Roméo 1

Cet objet par trop charmant !

Roméo 2

Ô cette poitrine qui fait rire aux anges.

Roméo 1

Cher amour ! Vous peignez Dieu mieux que fait un peintre qui barbouille la nature de couleurs terrestres.

Juliette

Mais touchez-là ! Touchez-là !

Roméo 1

Ah que cela me plaît. Elle se confesse qu'à moi de l'ivresse d'aimer et d'être aimée.

Ah ! Cette personne du sexe dont il me faut, dans la société, le style de publiciste pour en honorer une image.

Roméo 2

Ô ma colombe si jolie, si tendre ! Vous précipitez du ciel fortune qui sépare les mortels.

Roméo 1

Mon amour ! À votre figure, sur cette terre habitable, l'abeille a sa ruche, le berger sa loge, l'écureuil son nid.

Roméo 2

Et un homme, son imaginative ! Ah lisez la mienne !

Roméo 1

Entre vos mains, en un tableau vif, la société s'éjouit de mille beautés écloses : soucis, œillets, roses sans épines, encolies et pensées.

Roméo 2

Vos yeux des plus doux vont loin ! Tenez, voici l'assaisonnement.
Un singe voudrait sauter sur vos épaules, il prendrait d'abord le parti le plus sage de faire la paix avec vous.

Juliette

Ah ! Que vous me ravissez !

Roméo 2

La réalité dont vous ne chantez que la romance est une si touchante traduction du délassement nécessaire à un amant qui porterait la lune entre les dents.

Roméo 1

C'est que votre innocence constitue tout entier l'art du créateur des âmes des princes, des César doux et Pharaon paisibles.

Roméo 2

Et votre raison ne peut pâlir de tout ce qu'elle contient. Ah ! Pour cette contrée qui fixe sa bonne nature qu'en délicieux coteaux, vous êtes tout entier les riants délices des plus sublimes accents inconnus à cette terre.

Roméo 1

Ô mon amie ! Sans rien de rien que le vrai, voilà que vous relevez la nature donnée aux humains afin qu'ils forment une pièce bien faite, aussi près de l'intelligence que du ciel.

Juliette

Ah votre cœur rosé, votre cœur rose, votre cœur éclatant !

♫♫♫♫

Roméo 2

Ô ma dame de toute transcendance et de ses épîtres ! Vie de ma vie et mort de ma mort ! C'est chaleur de mon âme que vous ne déprimiez de toute vie démonstrative d'abîme.

Roméo 1

Ô ma dame ! Perle métamorphique dans les prés ! Entendrez-vous un fracas historique sans imitation terrestre si je devais échoir loin de votre trop plein de votre vie ?

Juliette

Ô que me dit l'oiseau là-dessus pendant qu'il chante pour cet amusement ?

Roméo 2

Vos yeux sont le calice à l'origine de ma parole.

Roméo 2

Leur éclat, qui se présente au centre du système planétaire, décline maladies, guerres et épidémies.

Roméo 1 et Roméo 2

Ah ! Tout de votre cœur, pendant sa chanson, est bon logicien et magicien.

♫♫♫♫

Roméo 1

Votre cœur rosée, votre cœur rose, votre cœur transparent !

Juliette

Ah ! La réalité porte en elle que mon sentiment, et votre musique en moi que votre mélodie.

Roméo 2

Ô tout dit que vous aimez et me zézaimez. Et ainsi cette chose, extraite de la vallée de deux cyprès, peut-être applaudie jusqu'en Perse qui abrita le lion de l'arche de Noé. Oh, chère petite rose!
Vous préparez à ce pays un florissant empire d'un monde nouveau!
Ah ! Quel bon tour joué aux codes et institutions humaines !

Roméo 1

Cher désir ! Pour ma part, ne vous aie-je dit mille fois le vrai tout vif ?
Pour un trop parfait amour, vous êtes cet amour.

Juliette

Ah mes amis ! Mes amis ! Ah mes amis ! Mes amis ! Je m'étonne à miracle.
Vous amenez si bien les termes de notre entente cordiale. Ah ! Je m'étonne sans m'ennuyer jamais. J'aime tant embrasser une tête toute prête, dans ma chambre toute prête, et qui raconte une histoire de peine de ce ton que vous avez et qui fait la chanson de l'étoile du Léon.

Roméo 2

C'est que tout conspire que vous ayez cette complexion qui fait venir l'eau à la bouche.

Juliette

Mais touchez-là ! Touchez-là ! Touchez-là ! Tout ce qui est de vous est toute la vie. Ah ! Vos cœurs vrais, célestes ou humains, donnent aux pauvres imaginations une construction qui se dresse jusqu'aux confins de l'univers.

Roméo 1

Ô enchantements ! Seule compagne de vie ! Je frémis de votre cœur, cet éblouissant parvis céleste qui transporte, en long et en large, les royaumes attendrissants et toutes les contrées de moindre condition qu'on peut arroser de nos larmes de joie.

Juliette

Ô mon cœur vrai ! Ainsi soit-il. Je respire par vos rieuses lèvres.

Roméo 2

Ô combien je suis soutenu par cette raison simple que notre État, déjà si plein de sommets rosés de neige, rejaillit de sérénité par votre aimable personne.

Juliette

Mais racontez tout à partir de ce moment-ci. Je préfère être pendue de mort si un amant avait plus d'âme que vos yeux de colombe! Ah! L'horreur de ce dénouement !

Roméo 1

Ô ma dame ! Hors l'empreinte de vos pas, les ténèbres sont si profondes qu'elles ne peuvent être qu'illusions. Aussi, retenez que le vrai ! Le fond de votre cœur sert à marcher; les étoiles à inspirer leurs influences, et, les commodités des vents et des neiges à fixer un théâtre adorable à notre amour.

Juliette

Oh voilà cette aventure qui ne se décompose point de l'arme de ma seule créance !

Roméo 2

Et comme au plus beau de l'antiquité philosophique, votre âme douce, humble et tendre que j'ai analysée, ne peut tomber dans un piège à loups.

Roméo 1

Ah s'il vient un renard dans votre filet, il ne mangera que du blanc ou du rose vivant. C'est que votre cœur rosé, votre cœur rose, votre cœur fait pour un ardent mari.

Roméo 2

Mais c'est à peine tout dire. Votre cœur est un pur don, le plus rare dans cet art sérieux de retourner en un tournemain les folies humaines.

Roméo 1

Ô ma bonne amie ! Ce miel est toute chose et un bon tour joué aux méchants larrons sur qui les puces piquent.

Roméo 2

Ah mon cœur ferme, qui vous touche, est une ressource à tout, et ce qui est vrai, un poète puissant.

Juliette

Comme il est bon de couler par votre esprit, imprévu, vif et pénétrant. De nos jours une maîtresse, qu'elle soit achéménide, sassanide ou de Glycès n'ose espérer plus.

Roméo 1

Ah mon agnelle ! Chère compagne ! Ah mais que je suis étourdi ! Diantre ! Je vous ai caché jusqu'à cet instant la marche la plus voluptueuse de mon extrême sensibilité.

Juliette

Ô instruisez-moi sur le compte de vos assiduités !

Roméo 1

C'est que vous êtes le seul être au monde avec une si adorable gorge sur laquelle le Dieu bon lui-même se ferait pendre par le bout du nez.

Juliette

Ah comme vous m'aimez ! Votre art et ses effets sont sans consé-quences dramatiques. Ô mes amis ! Vous n'ignorez pas qu'en ces heures d'attendrissement et de philanthropie, toute forme de drame dans le monde arrêterait mon émotion.

Roméo 2

Ah ! Moi-même je ne puis rêver autour d'une tragédie.

Roméo 1

Ô ma délicieuse ! Ô combien n'est-il nul néant, passé et abîme sous le busc de votre poitrine de tourterelle ! Aussi l'envie m'en prend de vous livrer, de ma voix de cristal, l'impression que vos faveurs à votre amant sont un chef d'œuvre intense mais trop court en son genre. Ah ! Ne me quittez jamais !

Juliette

Vous n'y pensez pas ? Je vis. J'aime.

Roméo 1

Ô ma blanche colombe ! Ignorez-vous que le seul détour de ma pensée est celui d'espérer que nos enfants s'excitent dans les conve-nances de la réforme que vous introduisez dans la société. C'est que votre cœur rosée, votre cœur rose, votre cœur !...

Juliette

Ah ! Ce miel, mes bons amis, est toute chose et orne également mon langage de bonne humeur.

Roméo 1

Ô chère enfant ! Que de vie dans ce jardin-ci d'où on entend même des perroquets vous parler par amour !

Roméo 2

Ah ! En ces lieux, enivrés pour le cours de nos réfections corpo-relles, que d'inventions non dramatiques !

Roméo 1

En effet, une société moins raffinée en a déjà trop sous les yeux par les inconvénients d'horribles représentations.

Juliette

Je m'étonne encore et encore. Ah mes amis ! Mes chers amis ! Je suis si ravie en ce langage de l'âme que Dieu a créé plutôt que de ne rien dire. Ô mes amours ! Ô petites fleurs, bonnes châtelaines qui ont un but d'amusement de la vertu des amants !

Roméo 1

Je résume ici tout mon savoir. L'air est plus pur, plus blanc !. . .
C'est que votre cœur rosée, votre cœur rose !...

Juliette

Ah ! Rien ne peut me défaire ! Ô comme je suis inclinée à tant de séduction et de rires qui soutiennent la vérité.

Le flot de la rue Gounod

Prétexte dramatique

La scène se déroule dans un salon. Mal en point, grippée, les yeux larmoyants, le nez coulant et ayant mal à la tête, Juliette cherche réconfort et assurance auprès de Roméo. Elle est étendue sur un divan. Tout au cours de cette scène, Roméo s'active à des tâches domestiques. Il fait du ménage, déplace délicatement des objets, dépoussière, range.

Juliette

Sapristi, dis-le-moi !

Roméo

De que ? Je le sais que tu es malade. Ça se voit selon n'importe quelle opinion.

Juliette

Mais quand même ! C'est nono. Je soupire pour des bribes de dynamite. J'ai des raisons pratiques d'attendre ces faits précis.

Mais on ne me le fait pas à moi ! Jamais ! Dis ! Dis ! Est-ce que tu es très occupé ou si tu as le temps de me soutenir et de me dire la vérité ?

Roméo

Mais à quoi tu veux me prendre là? Est-ce que tu es aveugle aussi? Aujourd'hui, je prends le temps de faire un super ménage pour changer la place. Ça sera trois plus joli si tout est net, aéré et en ordre bien organisé.

Juliette

Je le sais mais ça ne m'informe pas de ce que fait chez-lui le flot que j'ai vu dans la rue. Parle-moi de lui ! Est-ce que tu sais s'il va décroiser ses bras tantôt pour moi ? Es-tu au courant si on a annoncé tantôt qu'il sera, si on veut, pour toute la journée, très fort et pas plus accablé par le soleil que par la pluie ou la neige ?

Roméo

Je vais aller vérifier et voir à la fenêtre. En attendant, mets tes bons écouteurs !

Juliette

Ne sois pas long !

Roméo

Ça dépend de ce que tu veux savoir pour guérir. Dès fois, tu t'agites et te poses des questions grosses comme la terre entière.

Juliette

Mais là, je vais m'inquiéter si je te donne trop de soucis.

♪♪♪

Juliette

Dis ! Dis-moi ! Est-ce qu'il regarde ici en ce moment avec ses grands yeux ? Est-ce que tu commences à entendre le discours de ses ho et des ha ? Dis ! Dis-moi ! Est-ce que tu lui as juré que j'aimais les cheveux poivre et sel ? Est-ce que tu lui as déjà prouvé que c'est l'expression de mes meilleurs sentiments ? Pour lui, je ne veux pas avoir l'air niaiseuse ou une chose plate de ce genre.

Roméo

Aboiements d'un chien

Voyons ! Tu es bien inquiète ! Je ne sais même pas si c'est excusable. Évidemment, avec tes mouchoirs sur le nez, je comprends que tu n'es pas les yeux au ciel. En plus, je sais que tu as un triste voisin qui traîne son museau partout quand je fais le ménage. Est-ce que c'est à cause de tout ça qu'une crainte te ronge ?

Juliette

C'est vrai mais je ne sais pas tout. Dis ! Dis-moi ! Toi, tu le connais. Tu le connais bien, n'est-ce pas ? Je mourrais d'envie que tu m'apprennes comment on l'approche. Dis ! Dis-moi ! C'est bien ton ami ? Ou s'il est inattendu si on veut ? Est-ce que tu sais, directement de lui, s'il a deux ou trois certitudes raisonnables ?

Roméo

Oui et non ! Mais à moi, il ne me manque pas à table, au téléphone ou autour d'un lit. J'ai tellement de ménage à faire.
Écoute ! Écoute ! Est-ce que tu entends maintenant autre chose ?
Ça me revient là. Il m'a juste sérieusement averti qu'il voulait entendre au complet un bon son de cloche. Un fameux qu'il m'a dit. Il lui croit.

Juliette

Des sons que je ne connais pas de mes dix doigts ? Alors dis-moi ! Dis-moi ! Dis-moi pourquoi il n'ouvre pas la bouche s'il devine qu'il y a des merveilles plus puissantes que celle d'accomplir un grand ménage ? Là ! On n'est même pas au printemps. Alors, soyons justes ! L'hiver ça doit l'empoisonner. Moi, j'en ai le rhume sans échappatoire. Mais lui ! Qu'est-ce qui le picote ? C'est terrible si tu me dis qu'il est pressé comme un œuf. Ha puis, je dois dormir. Je suis fatiguée. Je ne peux avoir seulement qu'un trop bon cœur. Si je suis malade toujours, le monde va finir par lésiner et ne m'invitera plus quand que je ne parlerai pas du nez.

Roméo

Tu es un peu marabout aussi. Assez nervi et patati. Ça se sait. Ça se voit dans ton désordre même si la poussière ne lève pas. Il est spectaculaire ton rhume. Tout compliqué si on veut. Il est bien profond.

Juliette

Ça me fait scier, scier, scier. Atchoum ! Atchoum ! Atchoum ! Est-ce que tout le monde entier renifle aujourd'hui au summum ? Bon là, si je ne dors pas, j'aurai l'air d'une vieille boîte de lait. Après ton ami bécotera bibi rien que par la pensée, en faisant tout le temps son ménage.

Roméo

Tu peux dormir même si tu es naturellement malade. Dors bien ! Allez, les dés sont jetés. Dors bien dans le creux de tes coussins comme si c'était des nuages peuplés d'oranges.

Juliette

Dans une tonalité dorée ? Comme quand vient le beau temps qui ne met jamais ses doigts dans une plaie.

Roméo

Ô mon dieu ! Es-tu en train de décoller par six mille sottises des rebords de ton lit improvisé ?

Juliette

Mais si je dors, est-ce que j'aurai une sensation de ses bons becs ? Il n'osera pas me faire un concert de sa musique. Oh, la la la la ! Tu sais ce qu'il y a ? Dis-moi ! Dis-moi ! Peut-être qu'il vit avec cinquante étoiles, toutes très maigres dans la rue, et à cause de ça, il ne viendra pas me tâter le pouls avec de joyeuses larmes. Oh dis-le-moi ! Toi tu le sais. Ô dis-le-moi bien ! Est-ce que c'est vrai et qu'il n'y a rien de pareil dans nos têtes qui tournent ? Je suis tellement malade que ma grippe ne doit pas venir seulement que de la grande ville.

Roméo

Je m'excuse mais pour lui la vie rebondit de toutes ses forces.
Allez, fais dodo comme dans un paisible foyer qui tu verras tantôt propre comme un œuf.

Juliette

Mais pas comme un vieux coco qui tombe à plat ventre ?
Au fait, j'espère que ton ami n'est pas un mondain comme les hommes-sandwichs. Ceux-là mangent, se promènent et gesticulent avec tant de messages peu importants pour se soigner.

Roméo

Allez ! Repose-toi ! Après il va te trouver belle et fraîche. Mais si tu es énervée, il va repartir à la sauvette. Oui, ça serait tout pour le moment. Tu sais, c'est un tendre. Pourquoi voudrait-il que tu t'angoisses démesurément. Si tu penses à lui, c'est déjà une preuve élémentaire qu'il est présent sans limite. Oui ! C'est tout pour le moment.

Juliette

Là, maintenant ! Je devrais aller m'épiler, me maquiller puis mettre ma robe de chambre.

Roméo

Ou ton déshabillé, si tu veux. Mais fais donc dodo tout de suite. Ça va couper carré tes petites crottes. Tu n'auras plus le motton après.

Juliette

Mais si je dors, il va se sucrer le bec tout seul. Il ne va pas se risquer à me réchauffer les pieds, les mains et après à me chatouiller. Il mettra au rancart mes petits oignons que j'ai sous les pieds. Il va trouver la journée longue, en une dimension. Sur quoi il va se coller ? Dis ! Dis-moi ! Est-ce qu'il sera seulement bouleversé et ému à faire que du ménage ?

Roméo

Tu devrais dormir. Il est mordu de toi. Il me l'a dit sans perdre la tête. En ce moment, si tu ne trouves pas ça ridicule, on peut dire qu'il ne porte même pas de corset.

Juliette

Il doit aimer beaucoup les femmes s'il veut me montrer qu'il n'est pas enfermé comme un poisson rouge.

Roméo

Et une autre merveille ! Je suis informé qu'il aimerait ronronner avec toi. Pour lui ronronner, ça serait une sinécure. Après, il ne fera pas d'ulcères.

Juliette

Mais quand je vais dormir, sur quoi il va mettre ses mains ? Sur mes livres ? Sur ma musique ? Sur toutes mes affaires ? Sur mes cuisses ?

Roméo

Bah ! Surtout ça, ce n'est pas défendu. Il me semble maintenant que tu es mûre pour le sommeil.

Juliette

Mais si je dors longtemps, il va s'ennuyer ? Il va juste entendre de dehors le babounage des toutous. Il ira après lire un journal ou nettoyer des trucs, quelque chose. Je ne sais pas quoi. Ça se trouve qu'il pensera à devenir complètement riche et à faire de l'argent continuellement.

Roméo

Tu devrais dormir. Dormir bien fort ! Je suis certain qu'il va te préparer une surprise. Tu veux la savoir ?

Juliette

Ben, oui ! sinon je ne pourrai pas dormir.

Roméo

Pour moi, il va faire sa recette de bouchées d'orange au chocolat. Il en a parlé à tout le monde. Il n'y en a pas de nuances. Ô mon dieu ! Je pense que c'est un fan de toi.

Juliette

Alors tu lui diras d'enlever ses bottes en entrant dans la cuisine. Je dormirais plus tranquille. Hier, j'ai lavé le plancher. Sais-tu s'il va mettre un foulard pour venir ? Il me semble qu'il en ferait le triple pour moi s'il ne prend pas froid en venant. Dis ! Tu lui donneras le foulard que j'ai acheté pour lui.

Roméo

Que ça ne t'empêche pas de dormir ça ! Il va être tellement content. Puis il va mettre ses gants de peau. Il sera chic, bien rasé. Ses gants sont arrivés par le bateau en papier ; celui-là qui amène le lait des orangers.

Juliette

Je commence à avoir hâte. J'espère qu'il va trouver facilement mon adresse. Tu devrais le surveiller à la fenêtre pendant que je vais dormir. Quand je me réveillerai, j'aimerais ça, avant qu'il commence son concert, qu'il me parle de lui. Ça serait bien s'il me parlait aussi dans ses mots à lui.

Roméo

Je comprends. Allez ! Tu peux dormir et fermer tes beaux yeux.

Dans l'éventail de tes mains ouvertes
Tragédie comédie

Prétexte dramatique

La scène se passe dans l'entrée sinistre et fortement grilla-gée de l'urgence d'un hôpital psychiatrique. Des figurants, en attente d'un triage, forment depuis des lustres, en mode veilleuse, une chaîne de piteux galériens et déments; ils portent des carcans, symboles de leur état grotesque de captivité d'individus condam-nés. Ils sont attachés par des fers les uns aux autres. Les voit-on ici et là, rampant ou courant le chien à se becqueter en mode de quadrupèdes prédateurs et agressifs. Râles, grognements, soupirs exaspérés d'angoisse font partie d'un fond sonore et de présence sur le point d'éclater à tout moment.

Quelques affiches défraîchies collées aux murs reproduisent des illustrations du roman d'aventure de l'Ingénieux Hidalgo Don Quichotte de La Manche, œuvre de Miguel de Cervantes.

Roméo a entre les mains un livre d'anthologie poétique. Son personnage se compose de délire, d'abandon, d'aucun moyens de défense et d'une rêverie toute sensorielle lesquels le marquent de traits et d'une personnalité aussi bien tragiques que comiques.

C'est la scène d'un dialogue imaginaire. Juliette, symbo-lisant les quatre quadrants d'une conquête amoureuse fantasmée, absente de ce monde de folie tout en étant partie prenant de cette longueur d'ondes, demeure hors scène et répond en voix off. Je vois l'interprétation de ce texte s'inspirant du magnifique duo formé par Alain Bashung et Chloé Mons, récitant Le Cantique des Cantiques.

Ouverture d'un rideau de scène.

Roméo

Ô fille de sultan ! Ma dulcinée !
Dans l'éventail de mes mains ouvertes, il y a deux grandes pleines voiles.

Juliette

Ah mon impérial ami !

Roméo

Ma douceur ! Me vois-tu, mes mains toujours recherchant de leur vivant sur tes hanches, mille arches, frondaisons et tonnelles de fleurs se prenant aux milliers de rameaux et racines de tes yeux habités de vie.

Juliette

Ô joie plus grande encore que de sentir les grains broyés du cannelier.

Roméo

Belle biche choyée par le redoublement de l'esprit des bouviers des Flandres !
N'est-ce pas toi qui entretiens plus que ta tenue de soirée et de maison la conjonction d'une étonnante douceur au cœur de la nuit ?
Dans dix ans, dans cent ans, mes voiles et leur texture de vieille barbe poseront encore leurs rails de kakis rouges sur tes aisselles.
Dans l'éventail de mes mains ouvertes, il y a deux grandes pleines voiles.

Juliette

Ô mon bien aimé ! Es-tu en train de me dire comment le soleil, qui a la poitrine large se raccordant à grande échelle au merveilleux de ma croupe harmonieuse, se couche et dévêt sans fin sur l'horizon ses lumineux habits ?

Roméo

Oui, mon âme ! Tant de ta beauté tenue en bonne garde entre quatre doigts et le pouce, c'est au-delà de toute perception.
Ô fille de sultan ! Ma dulcinée ! Laisse-moi me soûler et guérir de ton souffle ! Toi qui transmue de ravissement en ravissement l'idéal en sagesse.

Juliette

Ô cher interprète empirique et fibreux ! Grand chêne chevelu ! Comment puis-je être aimée des dieux et tout à la fois fruit de ta sève apéritive ?

Roméo

Ô fille d'un sultan tout aussi ignare qu'un stupide chamois perdu dans le terrier d'une chèvre !

Mon cœur se dévoilant sans duperie aucune n'est-il pas cette perle rouge azalée la plus recherchée pouvant soutenir moitié de la mer, un demi-brouillard et moitié plus du trois-quarts du ciel armé de corps clignotants.

Ô spéculations attachées à des raisins noirs et gelées dures de février qui entrent impures à mes oreilles.

Juliette

Mon bel amant lunaire ! N'est-ce pas là que le déploiement d'une esthétique figurative qui n'a de dense que le réalisme d'une vision dorée de mes traits ?

Roméo

Ô fille de Sultan et don des nuances du chantier du ciel et de ses parades nuptiales !

Entre rivières, pins d'azur et ton cœur très bleu - ma mantelure au goût de pain de fantaisie - tu remontes les plis de ma bedaine qui allaient tirant de la patte avant ce jour nouveau d'aujourd'hui.

Ô ma tendresse ! Zeste et écumuseuse des mers ! Ma voile latine, grand froc, voile carrée d'alliage léger ! Vois mon intrépidité grosse comme mon poing droit au milieu d'un escadron de mouches.

Chaque nuit, serons-nous en tenaille d'émotions en boucle et en position inclinée de demi-lune...

Juliette

Cernes d'insomnie ? Esprit ailleurs de perroquet et de fougue qui se prête au faux foc, clin foc et désordre !

Roméo

Dans l'éventail de mes mains ouvertes, il y a deux grandes pleines voiles de plein fouet.

On dirait les anneaux d'un gros boa qui transpire à nos pieds d'une foi naïve. J'en ai fermement l'estomac dans mes talons. Sans cure-dents ! et avec les dentelles de...

Juliette

Ô amour concluant !

Est-il vrai que nos cheveux blancs iront un jour se disséminant et s'enroulant entre chrysanthèmes et le tourniquet d'un cimetière ?

Roméo

Sans contredit ! Mais d'ici là les pommiers chez-moi, par cent fois douze d'années en ma cour, sont de soie brodée. Ah ! mon bon solide enrênement ! Les vagues du fleuve roulent, depuis l'origine, par flexions du genou sur les rondeurs de tes hanches.

Ma délicieuse colombe captive ! Pénètre mon cœur jusqu'à l'au-delà ! Fais de tes mains sur mes reins des mots d'affinité et de liaison.

Juliette

Ô ami ! Union des hémisphères entre l'idéal et le réel.

Roméo

Ô toi aimable Dame de charité pressée par le sel et par mille détails fort plaisants de toutes les richesses de l'ensemble des peintres et de leur art relayé par tant d'autres modes d'expression.

Juliette

Suis-je la seule cause concentrée d'ardeur et portée à tes lèvres par un pareil sentiment chevaleresque, poétiquement très beau ?

Roméo

Ma mienne dulcinée qui imprime musique et conduction rêveuse !

Juliette

Mais je suis si incomprise du vulgaire !

Roméo

Dieu qui a le plus a gré de sa prérogative de tenir l'étrier en hauteur et profondeur s'est mis en selle depuis longtemps de bouillir et de s'exalter du traitement de nous mettre en nage.

Ah tendresse ! Toi qui réemploie à chacun de tes soupirs l'impressionnant déploiement de la sensibilité de tes mains.

Juliette

Mais à peine morte dans ces environs, seras-tu instantanément en peine de ce que fut la mienne ?

Roméo

Oh sens aigu du partage ! Quand infortunée, tes flancs seront livrés à la kitchenette de myriades de poissons et tornades de vers chicaneux, je ferai alors ma sépulture dans un éternel silence retentissant au multiple des extrémités des ma complainte funèbre.

Juliette

Oh que me voilà enfin dépeinte comme dans la boutique d'un barbier sans que me dépeigne l'artiste qui ne me verrait, par ses débordements imaginaires, que pitoyable, désarmée et morte de peur d'être si bien mise à l'attache.

Roméo

Cher égarement, entré dans une cavité !

Je ne vois pas ce jour arrivé que ma pensée, tirée du quotidien de nos jours, ne soit vue de près que par seule mes lunettes d'un court voyage.

Juliette

Doux Dieu, entré en âge, mais qui n'est pas par dénaturation poussiéreux du visage.

Roméo

Notre Seigneur qui n'est pas fait de la tête d'un extincteur ni d'un pèse-lettres entend de bonne grâce pareille rhétorique.

Juliette

Que tu me braques bien par le tirant de tes illusions ensorcelantes. Les unes vives comme truites, les autres, mesurant comme un aveugle né le sucre du sirop.

Roméo

Ô le pactole, les sels et le mercure trempé de ta toison embranchée de mille rameaux fleuris.

Juliette

Il est vrai que j'ai longtemps cherché à l'aveuglette, autant que mes bisaïeules, jadis évaporées par leur conversion en chaleur, la bonne page, au-delà des livres, dans laquelle comme folle au monde, je trouverais l'aventure, le service et l'occupation ferme, décidée et réservée d'un vaillant gentilhomme. Ah, patience d'une femme assez jolie !

Roméo

Et sans idée creuse de l'opération inexplicable du Saint-Esprit !

Juliette

Il est si doux que je sente ta robuste complexion tiraillée, entre les nébuleuses et les axes de mes méridiens, du délire jusqu'au bout de tes ongles de me faire rechuter au lit et de me garder attachée à ton front.

Roméo

Ô fille de sultan ! Ombre démesurée de Vénus ! C'est que tu me tires avec les vers du nez, librement inspirés par les attendus philosophiques des feux d'artifices de nos baisers. Ma couleuvrine et bombarde à tes parfums-crèmes qui percent un mystère !

Juliette

Oh personne de goût que cet artiste ! Est-ce que mon amoureux chante dans sa romance les divagations de la truitellette, et, moitié merluche et morue que je suis ?

Roméo

Je dis ici, faisant le tour dans ce décor nuptial équilibré par l'éclat de la lune, ce qui dira la suite expressionniste de ce que j'ai déjà dit subissant ta chimique. Ô ma dulcinée ! Ce qui est mieux, disais-je, qu'un bouc et sa copine, soit un chevreau mis en pièces, est que nous partagions, avant notre trépas, ce romantisme et son beau fleuron par lesquels nous donnons le lait chaud au minou. Sans les horaires d'un médecin !

Juliette

Ah ! Voilà une utilisation habile du cycle en entier des révolutions de notre planète et de ses vastes cadrages panoramiques qui composent tout de la morphologie et des rebords en fourrure et à poil de mon âme.

Roméo

Ô fille de sultan qui ne délibère pas de saler d'une main le porc et de faire une pomme de flamme de mon gonfalon explosif.

Ô toi, beauté ! Est-ce toi ? Ronde de mille et une nuits, qui ouvre nos cœurs jusqu'aux splendeurs du vrai ?

Ô fille de sultan ! Suspension de ma pomme ! Arrache-racines d'arrière-garde ! Est-ce toi qui dessine sur les revers du ciel la meute ordonnée des brouillards, des épis blonds et mûrs ?

Est-ce toi, pont, port et palais de justice, qui couds sur ta robe de mariage le givre entre les monts, les eaux du fleuve et les falaises de la Voie Lactée ?

Ô femme d'esprit vif et de voltige mettant des bâtons dans mes roues ! Ô femme qui sait sonder mille recoins d'un âne blessé de la tête, des dents, de la colonne et de l'estomac.

Ô douceur forgée par cet art inusité d'attacher tes pas à un amant qui ne porte pas un pyjama vert fait de satin et de brocart.

Vois jusqu'aux racines de mon ongle mon profil d'aigle, roi des airs ! Dans l'éventail de mes mains ouvertes, il y a cette brume trouble de la mer et mille parfums du monde dont celui si singulier du rouge rosée de tes lèvres.

Juliette

Ô mon amant lunaire ! Montée sur la fine moulure de ton buffle, les bouts de mes mamelons irrigués pointent vers ton humaniste et belle fortune.

Mais par Dieu, vieux de mille mille mille ans de la mécanique sans fin de l'éternel ! Que dire de revêche et de cassant à propos d'un lettré le plus délicat tombé par providence sous l'emprise des quadrupèdes et de leur système pileux.

Roméo

Ô bonheur de l'âge d'or et de sa balance entre les jambes qui ne tient plus en place ! Je branle-bas de céans par tant d'agents atmosphériques au chant des soixante-neuf couleurs attribuées à la seule mesure de nos cœurs aimants.

Juliette

Ô bénédiction ! Quelle conviction ! Quel progressime !

Roméo

Ô fille de sultan ! Je m'en tripote déjà les moustaches comme le font ensemble, promptement à leur majorité, chat et chatte collés serrés.

Juliette

Dans l'éventail de tes grands orteils onglés comme oiseau volant qu'est-ce qui émergera du plus petit au plus grand brûle-parfums ?

Roméo

Aveugle fille de sultan qui ne vit pas de retour d'âge ! Douze fois en une heure, en toute saison, et, entre mouches, moustiques et chaleur et froid extrêmes, mes voiles taillent des vieux peupliers, épargnent les jeunes pousses, enregistrent les trémoussements de gorge des grenouilles. Plus encore que mes mains soient butineuses, mes voiles agitées achèvent les besognes de la maison, bouchent les trous de souris, décortiquent tendrement des crevettes. Elles produisent des effets désastreux sur les ours par lesquels la Vierge Marie devint mère. Quand bien même, elles seraient passées mode, elles sont triplées tout en souplesse de ton mal d'enfant.

Juliette

Dis-moi la vérité de ta langue vibrionante ! Dois-je croire éternellement au prix d'or du concours de tes genoux doux sur le préau de ma marquise souterraine ?

Roméo

Dans la vie courante, non comparable dans l'invisible, mes grandes voiles sont plutôt zazou des érables rougis par les couleurs qui se plaisent à tes lèvres.

Juliette

Elles feront donc un malheur de ma vie ?

Roméo

Vérité intemporelle et de congé de maladie ! Leur luxuriance à gogo et aucune limite à leurs forces, font de la pression sur le ventre des baleines et sûrement sous les dessous de tes bras.

Juliette

Ô amant de miel roux et de pain d'épices ! De ma caresser tant le tambour du ventre, seras-tu porté absent un jour et d'avance condamné à devenir aussi introuvable qu'une bulle de savon jaune Sun Ligth ?

Roméo

Ô fille de sultan plus lumineuse et bénie que le parasol de la lune ! Colle-toi sur mon dos à hauteur d'un mètre quatre-vingt ! Tourne-toi à l'amont comme dans une montagne de crème Chantilly ! Redresse gentiment avec tes mains mon kimch'i. Mon lévrier forgeant la voie ! Puis retrempe entre tes lèvres sucrées et salées ma tige radieuse qui en deviendra grosse du courant du Tigre.

Dans l'éventail de tes mains ouvertes, il y a deux grandes voiles pleines. Elles donnent des signes de vie et d'adhérence très intime.

Juliette

Oh mes bonnes bourrées qui bouillonnent avec des grands trémolos.

Roméo et Juliette

On dirait un moment de bonheur qui passe sans perruque et avec des chaussons. Pendant cent quadrilles de mille jours d'affilié !

Roméo

Ô fille de sultan !

Juliette

Mon sultan. Mon envoûtement !

Un temps : fermeture du rideau de scène.

Juliette

Numéro suivant, le 145432980765430934987567897. Présentez-vous, one-step by one-step, sous la lumière rouge en salle de triage. Je répète. Le twit sans pharmaceutique adhésive et qui porte le numéro suivant, le 145432980765430934987567897. Présentez-vous, en montrant un titre de recordman excellentissime, sous la lumière rouge en salle de triage.

Je répepététe pour les têtes d'œuf qu'on localise par leurs poils de chèvre surleur gabardine. J'appelle d'une traite le numéro suivant, le 145432980765430...

On part en voyage de chambre

Prétexte dramatique

"La dernière soirée des noces, pendant que les époux se dode-
lichaient et que la mariée s'assoyait pour la première fois sur les
genoux de son mari, on priait quelqu'un qui avait de la voix de
faire entendre la complainte du "Lendemain des noces".

> Le lendemain des noces
> Quand il a fallu faire paquets
> Son petit cœur pleurait
> Oh ! mon Dieu je regrette fort
> Le lieu de ma naissance
> Là où j'ai pris tant de plaisir
> Et tant réjouissances
>
> Le lendemain des noces
> Quel habit prendrons-nous ?
> Ah ! nous prendrons l'habit blanc
> L'habit de réjouissances
> Aussi le chapeau des soucis
> Et le cordon de souffrance"

Source : le conte Le soir de la dot, dans Coutumes et Superstitions, Éditions J. C.
Dupont, Sainte-Foy, Québec, 1993.

Roméo et Juliette sont étendus côte à côte sur un lit ou sur des
coussins. L'entrée dans un autre monde, celui des amants et amoureux, s'accompagnent d'invocations qui éloignent de dangers naturels ou surnaturels ainsi que de chants qui marquent l'entrée dans
l'au-delà.

Roméo

Dors bien mon amour ! Dors bien fort jusqu'en Chine.

Juliette

On part en voyage de chambre ? Tu m'embarques sur les rallonges du lit ?

Roméo

Oui ! On va faire le tour des pagodes de Mandchourie.

Juliette

Mais ce sera un voyage de singes et tout. Les Chinois ont des marottes. Leur vin est d'hyacinthe, leur coupe perle des yeux de leur chétive servante. Ils décorent leur pavillon avec des griffons. Ils mettent au sommet des serpents boa, des monstres. Quand ils pleurent à la sueur de leur front, c'est pour leur âme. Des coulées de nuages !

Roméo

Mais non ! Dors bien fort jusqu'en Chine. Dehors, s'ils sont hauts, c'est pour ne pas leur baiser les pieds. Mais dedans, il y a plein de moinillons à Bouddha en pompom. Ils ressemblent au vieux Lao-Tseu dans leurs robes jaunes de Salamandre. En plus, ils ont les doigts bien pâles dans leurs manchettes empesées.

Juliette

Mais alors, ils touchent le vide. Ils touchent seulement l'air qui passe entre les pieds des papillons. En plus, je le sais, ils sont paralysés par la timidité. Avec les filles, ils ne bougent que des cils. Ça ne me dit rien moi de faire des libations, les mains derrière le dos et après de me désosser sur un tapis. Je n'ai pas envie moi de réciter de précieux rouleaux et d'entendre des sons de grelots ou de poissons de bois.

Roméo

Oui ! mais ils psalmodient comme ça leurs trouvailles de philo-sophie.

Juliette

N'empêche, c'est juste des formules qu'ils disent avec des sons de fausset et de cymbale.

Roméo

En tout cas, ils touchent comme l'orchidée de l'orchidée, la roue du rouet.

Juliette

C'est ça; un fond sans fond.

Roméo

Tut, Tut, Tut ! Dors bien mon amour ! Dors bien fort jusqu'en Chine. Mets tes nattes en rouleaux sur mes épaules. Regarde ! J'ai les épaules solides comme un bloc de cornaline. Laisse ta main dans la mienne ! Tu vois ? Ma main est douce comme un œuf de pierre. Mes poils dessus sont en méditation céleste.

Juliette

Ha, non ! Tu vas encore me faire un conte pour rêver. C'est juste des chinoiseries d'amoureux ça. Et après tu dormiras tout de suite sur ça. Je le sais. Hier tu m'as dit que tu me voyais au lit comme une déesse, comme une danseuse à six pattes.

Roméo

Mais c'était pour se saucer tous les deux en Chine.

Juliette

Pour faire chinchin ?

Roméo

Bon, dors-tu là ? Es-tu déjà comme morte ? Comme une statue de jade ? Et que si tu dors, tu dors et c'est tout ?

Juliette

Ha, mais tu es fatiguant là. Vraiment, ce n'est pas facile. Tu es patic-patac. Pour toi, c'est simple. Tu es un rêveur depuis l'Anti-quité. Mais moi, je ne veux pas m'encager là-bas comme un bibelot pendant mille ans. D'abord, dans les boîtes de pousses de pivoine, je serais prisonnière de ma personne. Puis là-bas, je sentirais l'ail jusqu'aux oreilles. J'aurais les pattes-pelues, de minuscules pieds-plats. Tu ne pourrais plus m'aimer tout à fait. Je sais que les Chinois arrivent à l'illumination en plaçant des épines sur les pêchers. Mais moi, je ne veux pas être piquée exprès.

D'abord, je ne connais pas le protocole qui les enchante, et franche-ment, quant à voyager, j'aimerais autant voir des feux d'artifices. Qui sait ? Je pourrais être choisie par l'empereur. En plus, je ne tiens pas à jeûner en position de lotus.

Roméo

Je le sais et je comprends ton penchant. Mais rassure-toi ! je ne veux pas t'élever jusqu'au ciel. Je t'amène simplement dormir jusqu'en Chine. Puis regarde ! les cales en dessous du lit sont pleines à craquer de tonnes de farine de riz. On peut les compter en boisseau, en li.

Juliette

Mais pas en minous comme ici ?

Roméo

Non ! C'est des li d'amour. Tu vois, c'est facile de rêver et de calculer n'importe quoi qui compte pour du chinois.

Juliette

Mais le compte ne sera jamais juste. Il y a bien trop de Chinois en masse. Tu te rends compte ? Depuis dix mille ans, il y a autant de Chinois que d'œufs jaune pâle.
En plus, leur muraille à eux, c'est un lieu béni.

Roméo

Tut, Tut, tut ! Dors bien mon amour ! Dors bien fort jusqu'au sérénissime empire. Laisse-toi aller jusqu'à la fin du monde ! Ça va te changer de toutes connaissances. Les Chinois, en amour, mangent des bouchées d'orange au gingembre. Ils dévorent des prunes confites roulées dans des papiers d'horoscope. Pour eux, l'avenir, dans leur imagination, c'est de traverser des nuées de cœurs de bambous. Ça ! c'est bon pour toi parce que tu adores les meubles de bambou.

Juliette

Mais je vais disparaître dedans comme une autruche. Vraiment, tes pensées c'est du chinois.

Roméo

Mais c'est pour couper la nuit en deux.

Juliette

Non ! non ! il faudrait que je rêve pendant des siècles et des siècles pour connaître le registre de toutes tes chinoiseries. Je me demande s'il y a des têtes bien faites de Chinois dans ta parenté vénérée.

Roméo

Non, je n'ai pas une famille très large.

Juliette

Ha, elle s'est vidée tout d'un coup dans le ciel ?

Roméo

C'est ça. Et ceux qui restent rentrent la nuit dans leur pyjama de bas en haut. Tu sais, ma maman s'enthousiasme encore pour des symphonies. Mon papa lui ne change pas d'oreille. Seulement, moi je trouve que Beethoven est bien gros.

Juliette

Pas dans sa musique de chambre. Tu exagères. Dans ses oreilles, il avait un coffre où son amie "e" qui était prise au collet avait trouvé le carême raccourci.

Roméo

Tut, Tut, tut ! Dors bien mon amour. Blottis-toi sur mon épaule ! Dors bien fort jusqu'au bord des montagnes du Tien Sang. Je vais t'amener dans la bibliothèque des brouillards sacrés. Tu vas entendre la neige tomber même si elle ne tombe pas.

Tu vas voir des petits Chinois par millions qui tournent et retournent des pages et des pages de tables de matière. Avec leurs yeux bridés, ils rient aux larmes de leurs pâtés chinois. Ils ont de beaux caractères. Et avec leurs pinceaux, montés sur des tubes de bambou, ils posent sur les canards, les poulets et les pétards des rangées de perles.

Juliette

Mon Dieu ! Toi, dès que tu es en train de rêver, on voit que tes rêves sont pris dans le poil de ta barbiche.

Roméo

C'est vrai ! Mais tu sais quoi ? La perfection pour les Chinois, c'est leurs chinoiseries d'amour. Pour eux l'idéal, c'est quand leurs chinoiseries débordent sur le physique.

Juliette

Vraiment, tu n'y vas pas de main morte avec tes tours de baguette. En plus, je dois les prendre dans tous les sens. C'est le Ying Yang en double, le double du double fond qui se dédouble. Ce n'est pas reposant.

Roméo

Tu sauras qu'en Chine, l'amour n'est pas invisible. Là-bas tout a sa place. Les vases chez les marchands de vase, les Indiens en Inde et beaucoup d'autres chinoiseries de rêve sur les petites Chinoises qui brodent. Et habituellement, quand les Chinoises dorment, leur pensée est comme morte. Ça, c'est une bénédiction pour les bons Chinois.

Juliette

Mais moi je ne sais pas. Je n'ai jamais été comme morte. Il faut que je méfie des chinoiseries de mon amoureux. Or, moi, je ne veux pas me faire masser seulement en rêve. Je n'ai pas envie d'être aimée comme une huître.

Roméo

Ha, laisse-moi rire. Je comprends la difficulté pour toi. Celle-là, je la connais bien. Toi ! tu vois seulement ce qui arrive aux huîtres dans leur coquille. Tu t'imagines qu'elles sont dans leur soute comme une combinaison sans forces. Et tu dis qu'elles ne mangent au fond que des restes de fruits de mer.

Juliette

Tu es bien subtil pour un Chinois. N'empêche, il faut que je comprenne l'agrément de ta psychologie. Ceci dit, je ne veux pas être une Chinoise juste pour l'amour. Quant à aller en Chine, je voudrais entendre des bons gongs.

Roméo

Ne t'inquiètes pas ! Je ne suis pas un vendeur de vases chinois.

Juliette

Visiblement, tu me rends folle.

Roméo

C'est ça. Dors mon amour ! Dors bien fort jusqu'en Chine. Les femmes les plus exotiques en Chine sont leurs blondes qui pensent et parlent comme des vraies blondes. Pour les vrais Chinois, elles viennent du bout du monde. Leurs blondes aux Chinois sont très sensibles à la poésie. Ça fait qu'en Chine, mon charme slave serait immortel. Et à cause de sa majesté, l'empereur mettrait aux pieds de ma blonde son empire. La Chine, c'est le seul empire qui est brodé sur soie.

Juliette

Mais c'est moi ta blonde. C'est facile à voir. J'ai tous les signes extérieurs de ta blonde. Tu vois, je me sens déjà partie, partie. Je la vois bien là la Chine dans les plis de mon oreiller.

Roméo

Oui ! Dors sur tes deux oreilles. Pendant ce temps-là, je vais frapper mes pieds dans le vide. Tu écouteras bien. Je vais passer par-dessus toi celui de gauche à l'ouest et le droit à l'est. Regarde ! tes paupières pèsent déjà sept mille deux cents livres. Fais bien le vide jusqu'en Chine ! Ça fait partir vraiment loin.

Juliette

Ha là ! ça fait beaucoup de li au lit. Je commence à comprendre.

Juliette et Roméo

Dongdong quiang dongdong qiang dongdong quiandong
Dongdong quiandong
Zhaojun yang naiwu xiao baicai
Tanci tianbao lihua kuaishu
Ruhua daiquiang chen diao
Dabdio fangxianshi bianwen
Canggu diben yaoyan
Yin zidishu gonfu
Ge fuzhuan
Miu miu chen dio
Yang naiwu baixi liu xio baicai
Yaoyan siming yaoyan zhanci.

La vie est un enfant qui a la peau fine (15)

Prétexte méditatif

Il n'y a pas de vérité ! hormis celle-ci, si difficile à admettre : nous sommes en route, la peau salée par les pluies (...)[16]

[15] Poème intégré au spectacle *Le Défilé des canards heureux* d 'Hélène Mercier, au théâtre de la Licorne, Montréal. , 1988.
15

[16] Re : Loudun, les Contes d'Orsanne, Éditions José Corti, 2012

Roméo
Cours vite ! Mon amour.
Ton père respire.
Il se casse le cou.
On dirait un grand veau malade
Qui a le cœur malade.
Ses yeux font comme les tiens
Quand tu n'es plus sûre de vivre.

C'est deux barques pleines qui versent.
Au fond de ses mains,
Quand il ouvre les yeux,
Il n'y a déjà plus rien.
C'est toute une vie qui a la peau fine.

Cours vite ! Mon amour.
Ton père respire.
C'est un cœur malade qui dévore tout autour de lui.
On dirait que ses grandes mains fines
Rentrent toutes chaudes
Dans les muscles de la terre.
N'est-ce pas lui qui distribuait le lait
Suivant le fil de la Voie lactée ?
N'est-ce pas lui qui donnait des noms aux arbres ?
Les hirondelles et fous de goélands aussi partent
Lorsque le ciel devient trop étroit.

Cours vite ! Mon amour.
Va toucher le fond de ta peine.
Le fleuve et le sel
Font tourner des étoiles
Qui ont un pied dans l'eau.

Cours vite ! Ma bien aimée !
La vie est un enfant qui a la peau fine.
Ton père soupire.
Il se dessèche sur les vagues du fleuve.
Il pompe le sang.
On dirait le fleuve

Et ses grandes valses marines
Déchaînées par l'imagination de son débordement de vie.
On dirait notre fleuve voulant mettre une robe chaude
Au milieu de tes yeux et des miens.

C'est comme un grand nid de la mer
Qui flotte muet dans ton cœur.
Ce sont les racines d'un grand pin blanc.
Sa fille qui est toute retournée entre mes mains.

Cours vite ! Mon amour.
La vie est un enfant qui a la peau fine.
Aujourd'hui, le matin n'a pas de fin.
De toutes parts, entre lui et moi et le sprint de mille saisons,
On dirait un peuplier
Qui s'en va entre les vagues infinies d'espèces de vie
Qui n'ont pas de fin !

Cours vite ! Mon amour.
Ton père et notre fleuve si froids
Nous tendent les bras sans fin.
C'est l'immensité, la tienne, la mienne
Depuis que la terre s'est formée
D'oxyde de fer et de ciment prompt
Elle fait lever la pointe de la nuit
Cours vite ! Mon amour.
La vie est un enfant qui a la peau fine.

Va glisser dans ta peine, dans la sienne, mon amour.
Conte-moi ta peine !
Pleure le plus gros sur mon épaule !
Retiens à jamais ma main !
La vie est comme toi qui a la peau fine.

Ma prochaine publication

Si c'est un beau jour pour réussir ! *(17)*

Comédie dramatique présentée en cinq passes pas payantes

Résumé de la pièce

Deux sœurs âgées, démunies, fusionnelles et fichues par la maladie, attendent de la grande et rare visite : un fils auquel elles pensent avoir beaucoup donné. L'une fut sa mère naturelle quoique absente, l'autre, sa mère adoptive quoique peu présente. Parasite, leur frère, leur réclame le remboursement d'une vieille dette. Un calcul comme un élan de générosité le pousse à leur offrir un cadeau pratique : une urne funéraire. Héros filial attendu, héritier des travers d'un monde déboussolant, le fils s'amourache d'une première venue, elle aussi une sauveuse dans l'âme et qui sera happée par un besoin d'affection et les désillusions de la vie de couple.

La grande faucheuse qui frappe les deux grandes malades cristallise de nouvelles complicités tout en faisant se croiser les lignes du destin d'un homme seul, tissées entre impressions d'échecs d'une vie et besoin d'évasion.

Mot du metteur en scène

Nous avons identifié le théâtre de l'absurde comme étant un genre très européen. Les auteurs nord-américains semblaient trop proches de la réalité et du public plus large pour l'aborder. Nous faisons cette fois connaissance d'un auteur québécois qui nous paraît se situer entre Beckett et Ionesco, en gardant un sens aigu de certains aspects de la réalité québécoise, peut-être moins bien connus mais pas moins passionnants.

---

[17] Cette comédie dramatique a fait l'objet d'une présentation publique, au studio André-Pagé de l'École nationale de théâtre du Canada dans le cadre de la deuxième édition des Laboratoires de l'Association québécoise des auteurs dramatiques (AQAD), en mai 2001. La pièce est inscrite au répertoire américain des œuvres théâtrales surréalistes, au UBU Repertory Theater Scrip Collection.

Si c'est un beau jour pour réussir ! est une pièce qui, comme dans le temps, pourrait paraître à certains tout aussi indéchiffrable que La Cantatrice chauve au public présent dans la salle, lors des premières représentations de 1949. Nous croyons qu'elle deviendra, une fois le public apprivoisé, un texte tout aussi populaire.

La culture classique de la Vieille France, assiégée par les nouvelles réalités du Québec moderne, se concrétise ici dans les rapports entre deux générations non pas sur le plan linguistique ou politique mais sur celui, plus profond, des liens affectifs.

Nous croyons être en présence d'une pièce et d'un auteur d'une originalité absolue qui, nous l'espérons, trouveront leur place dans le paysage diversifié du théâtre québécois en ce début du nouveau millénaire.

Distribution

Metteur en scène. . . . . : Andréi Zaharia
Diane Cardinale. . . . . : La Blanchette sourde qui sue et ressue
Hélène Mercier. . . . . : La Blanchette du Seigneur qui ressuscite
Isabelle Vincent. . . . . : La Belle-fille, la pinuche
Steve Laplante. . . . . : Le fils, le trésor d'imagination des Blanchette
Jean-Stéphane Roy. . . . . : Le Blanchette maudissant

Table des matières